娘の遺体は凍っていた

旭川女子中学生イジメ凍死事件

文春オンライン特集班

文藝春秋

娘の遺体は凍っていた
旭川女子中学生イジメ凍死事件

目次

デザイン　中川真吾
ＤＴＰ　明昌堂

編集部より

本書では廣瀬爽彩《さあや》さんの母親の許可を得た上で、爽彩さんの実名と写真を掲載しています。この件について、母親は、「爽彩が14年間、頑張って生きてきた証しを1人でも多くの方に知ってほしい。爽彩は簡単に死を選んだわけではありません。名前と写真を出すことで、爽彩がイジメと懸命に闘った現実を多くの人たちに知ってほしい」との強い意向を表明しています。編集部も、爽彩さんが受けた卑劣なイジメの実態を可能な限り事実に忠実な形で伝えるべきだと考え、実名と写真の掲載を決断しました。

はじめに

〈廣瀬爽彩という児童《ママ》が亡くなりました。彼女の死について調べてほしいです。学校でのイジメがあり事件に巻き込まれた様子なのですが、（略）どうかこの事件に注目し、真実を調べてあげてほしいです。亡くなった爽彩さんの無念を晴らしてあげたいです〉

すべては２０２１年３月26日に文春オンライン特集班の「公式Twitter」に寄せられた、支援者による１通のダイレクトメッセージから始まった。14歳の女子生徒が亡くなり、その背景にはイジメがあったという内容だったが、その時点で彼女が失踪から遺体で見つかったことを報じているメディアはなく、当初は事件の詳しい情報が摑めなかった。この支援者のメッセージを元に取材班は被害者の母親や親族とコンタクトを取り、４月１日に、北海道・旭川へ飛んだ。その時は、爽彩さんが想像を超える凄惨なイジメ被害に遭っていたこと、その後取材が60日間にも及ぶことなど、知る由もなかった。

東京では既に桜が散り始めていたが、４月の旭川は花見どころか街には雪が残り、上着が必要なほど寒かった。取材を通して会った母親や親族は、爽彩さんの死が受け入れられず、爽彩さんがイジメを受けていた事実を認めない学校や旭川市教育委員会に深い不信感を募らせていた。そのときの母親の表情は〝怒り〟ではなく、すべてに疲れ切って、爽彩さんが亡くなった理由もわからないまま灯が消えかけているような状態だった。

　慎重に取材を進め、約2週間かけて友人、支援者、学校関係者、近隣住人などを当たり、多くの証言と物証を積み重ねた。取材過程から見えてきたものは、凄惨なイジメ事件に関与した加害者すべてが未成年という事実だった。そして、加害生徒が犯した行為が従来のイジメという枠を大きく外れ、SNSによるわいせつ画像の拡散、性犯罪にまで及んでいたことだった。

　事実確認のための加害生徒への取材は、相手が未成年であるということを考慮し、細心の注意を払って行った。少年少女の保護者にアプローチして、保護者同伴、もしくは本人ではなく保護者に爽彩さんへのイジメに対する認識や亡くなったことについて現在の心境を聞いた。取材班の前に現れた加害生徒たちの外見や声はどこにでもいる少年少女だったが、違和感を覚えたのはすべての加害生徒と保護者が、「イジメを行ったのは自分ではない」と答え、責任転嫁を図ったことだった。さらに、自身もよく知っているはずの身近な子が亡くなったのに、薄ら笑いを浮かべていた加害者がいたことに、正直、取材班は驚きを隠せなかった。

　関係者への取材を一通り終え、あとは記事を配信するだけとなった段階でも、取材班にはまだ決めかねていることが一つあった。

爽彩さんの実名と写真を記事に載せるか載せないか、という問題である。

実名を報じることで、亡くなった爽彩さんやその遺族たちをさらに傷つけてしまうのではないかという懸念があった。しかし、実名で報じなければ、この事件の輪郭がぼやけ、多くの人に受けたイジメの全貌が伝わらないのではないか。どちらにすべきかを遺族側とも何度も話し合ったが、結論は出なかった。

最後は母親が悩んだ末、「爽彩が14年間、頑張って生きてきた証しを1人でも多くの方に知ってほしい。爽彩は簡単に死を選んだわけではありません。名前と写真を出すことで、爽彩がイジメと懸命に闘った現実を多くの人たちに知ってほしい」との強い意向を示した。取材班も、爽彩さんが受けた卑劣なイジメの実態を可能な限り事実に忠実な形で伝えるべきだと考え、実名と写真の掲載を決断した。

4月15日に第一報となる記事が配信されると、多くの読者が事件の惨状に心を痛め、消えかけていた灯が世論を巻き込む形で大きくなった。そして、旭川市の教育委員会は新たに第三者委員会を立ち上げ、イジメの再調査が行われることとなった。しかし、その一方では、ユーチューバーなどがネット上で、事件とは無関係の人たちについてのデマ情報や、実名の〝晒《さら》し行為〟〝誹謗《ひぼう》中傷〟を行った結果、新たな被害が生まれてしまうことになった。

「爽彩が死んでも誰も悲しまないし、次の日になったらみんな爽彩のことは忘れちゃう」

生前、爽彩さんはこう母親に漏らすことがあったという。しかし、取材班は、爽彩さんの死をこれだけ多くの人が悲しみ、彼女のことを思い浮かべていることを知っている。

本書は、文春オンラインで配信された「旭川14歳少女イジメ凍死事件」の記事22本に加筆修正を加えて再構成し、さらに爽彩さんの母親による彼女と過ごした14年の日々を綴《つづ》った手記を掲載したものである。

心痛の中、取材に協力いただいた爽彩さんの母親、親族、支援者の方々に改めてお礼を申し上げます。

そして、廣瀬爽彩さんのご冥福を心からお祈りします。

文春オンライン特集班

の子を捜しています！！！
ひろせ　さあや
廣瀬　爽彩（14歳）
身長　１６０cm前
体格　少しぽっちゃ
13日旭川市自宅より
らなくなりました。
のコーチのリュック
写真の
常にかけて
150万円　お支払いします！
認し家族と再会できた場合に限ります。
な情報を下さった方または保護していただいた方1名に限ります。
関して警察は関係ない為、事前に親族へご連絡ください！
さあやちゃんを捜す会公式Twitter
１日でも早く家族との再会が出来る様

1 遺体は凍っていた

爽彩さんの失踪後、情報を求めて家族らが配布したビラ

失踪から38日後の発見

〈皆様のご協力ありがとうございました。今日娘は残念な姿ではありますが見つかりました〉

住宅街には1メートル近い積雪が残り、春の到来はまだ遠いと感じられる2021年3月下旬の北海道・旭川市。わずかに解け始めた市内の公園の雪の中から、市内に住む中学2年生、廣瀬爽彩さん（14）が、変わり果てた姿で見つかった。最愛の娘を亡くした母親は、自身のSNSで辛い胸の内を冒頭のように綴った。

爽彩さんは2月13日の夕方18時過ぎに自宅を出たきり、行方不明になった。家族や友人、ボランティアらが1カ月以上にわたって必死に捜索したが、ついに彼女が再び我が家に戻ってくることはなかった。

捜索を行った近親者が、遺体発見当時の状況を語る。

「爽彩さんが見つかったのは自宅から数キロ以上離れた公園の中です。発見時の服装は軽装で、薄手のパンツとＴシャツ、上にパーカーを羽織っていただけでした。検死の結果、死因は低体温症と判断されました。死亡日時は、2月中旬とまでしか断定できないそうです。

爽彩さんが家出した日の夜は、氷点下17℃以下の凍《い》てつくような寒さでした。極寒の中、あの軽装で外にいたのでは、正直3時間くらいしか体力的に持たなかったのではないでしょうか。公園で力尽きたであろう爽彩さんの上に、その後どんどん雪が積もった結果、誰も発見できないまま、3月下旬になってしまいました。

暖かくなり、少し雪が解けたことにより遺体の一部が見えるようになった。公園の近くに住んでいる住民がその遺体を発見し、警察に通報したのです。駆け付けた警察がスコップで雪を掘って、爽彩さんを外に出しました。彼女の遺体は冷たく、凍った状態でした。

彼女の死が自殺だったかどうかはわかりません。確かに失踪当日、自殺についてＬＩＮＥでほのめかしていたものの、どこまでその意志があったのかは不明です。なぜ公園にいたのか、その経緯や亡くなった際の詳しい状況もよくわからないので、自殺とは断定できないそうです」

前途ある14歳の少女にとって、あまりに残酷な最期だ。爽彩さんの身に一体何があったのか。

「文春オンライン」編集部に爽彩さんの母親の支援者から連絡が寄せられたのは、彼女の遺体が発見されてから3日後のことだった。この支援者によると、爽彩さんは2019年4月、地元のY中学校に通うようになってすぐ、近隣の小中学校の生徒から「性的な辱め」を受けた過去があり、PTSD（心的外傷後ストレス障害）を発症、死亡する直前までそのトラウマに苦しんでいたという。

取材班は旭川に向かった。だが、関係者に多くの未成年がいることに鑑み、未成年の関係者への取材は保護者を通じて申請するなど取材は可能な限り慎重に進めた。

取材班は支援者を通じて爽彩さんの母親にも取材を申し込んだ。母親は憔悴《しょうすい》し切っていた。しかし、「本当はお話しするのも辛いのですが、これ以上同じようなことが二度と起きてほしくない。そして爽彩が生きていたということを知ってほしい」と、取材を受諾してくれた。

今日死のうと思う

2006年に旭川で生まれ、同地で育った爽彩さんは母親と市内のアパートで2人暮らしだった。母親は爽彩さんが幼かった約10年前に夫と離婚し、シングルマザーとして娘を育ててきた。爽彩さんが失踪した日のことは、これまで何度も思い返しているという。

「あの日は、夕方5時頃に私が仕事で家を空けなくてはならなくなったんです。自分の部屋にいた爽彩に『ちょっと1時間だけ空けるんだけど、すぐ戻ってくるね。戻ってきたら焼肉でも食べに行く？』と声を掛けたら、『今日は行かない。お弁当買ってきて。気を付けて行ってきてね』と。まさか、それが娘との最後の会話になってしまうとは考えもしませんでした。

私が家を出て1時間くらい経ったときに警察から携帯電話に着信がありました。出ると、男の警察官が『家の鍵を開けてください』ってすごい勢いで急かすのです。もしかして娘の身に何かあったのかもしれないと思い、急いで帰宅しました。

自宅に戻ると家の前には既に多くの警察の方が集まっていて、『爽彩ちゃんの安否確認をお願いします』と言われました。それで、すぐに家の中に入ったのですが、部屋の灯りはつい

ていた。でも、つい1時間前まで部屋にいた爽彩の姿はもうありませんでした」（爽彩さんの母親）

母親に何も告げることなく、家を飛び出した爽彩さんは、失踪直前に自殺をほのめかすLINEメッセージを複数の友人に送っていた。

「学校にも外にも行けず、ここ1年ほとんど引きこもっていた娘には、ディスコード（ゲーマー向けのボイスチャット）で知り合った友人がいました。家を出る直前の17時半くらいに娘はその友人に、

《ねぇ》
《きめた》
《今日死のうと思う》
《今まで怖くてさ》
《何も出来なかった》
《ごめんね》

と、LINEでお別れを告げていたのです。他にも同様のメッセージを受け取っていた方が数人おり、そのうちの1人が警察に『旭川の〈ひろせさあや〉という子が自殺をほのめか

している』と、通報してくださったそうです。その通報を受けて、私の携帯電話に警察から電話があったのです」（同前）

爽彩さんの行方がわからなくなった2月13日18時の気温は氷点下。成人でも長時間外を歩き続ければ命に関わるほどの酷寒。しかし失踪当日の爽彩さんの服装は軽装で、上着も自宅に置いたままだった。現金も所持していなかった。母親が娘の携帯に何度電話しても、電源が入っていなかったため繋がらず、携帯に内蔵されているＧＰＳも機能しない。居場所はわからなかった。

それでもパトカーによる捜索は続けられ、警察犬も投入された。失踪翌日には、ヘリコプターによる上空からの捜索も行われた。その後、親族とボランティアが協力して、爽彩さんの写真や特徴を記したビラを1万枚用意しての大捜索も行った。

「捜索する側とビラを配る側とに分かれて捜しました。当時通っていたX中学校の先生も毎日捜してくれた。ボランティアの方が地元のラジオ局に爽彩のことを伝え、（ラジオで）呼びかけてくれたりもしました。旭川以外にも捜索範囲を広げて、１００キロ以上離れた札幌でもビラを配るなどして捜しましたが、娘を見つけてあげることはできませんでした」（同前）

イジメを受けてからは全部変わってしまった

失踪から19日が経った3月4日、捜索は手詰まりとなり、警察は公開捜査に踏み切った。そして、失踪から38日が経った3月23日の14時半、悲報が母親のもとへ伝えられた。

「警察から電話がかかってきて、身元の確認のため、安置された旭川東警察署に来てほしいと言われました。『絶対に爽彩じゃない。あの子は生きている』って思っていたから、警察に『違います』と、言おうと思っていました。でも、警察署に行って、安置所で遺体を見たら、間違いなくあの子だったんです。娘は凍っていました。私は何度も娘に謝りました」（同前）

取材は爽彩さんが暮らした自宅の居間で行われ、母親の他、親族や支援者も集まった。仏壇には、優しく微笑む爽彩さんの遺影が飾られていた。

「今でもあの子を産んだ時のことは忘れません。３３８４グラムの元気な女の子でした。小さい頃から健康優良児で食べることが大好きで、元気に学校に通っていた時は『今日給食でおかわり5回した』なんて話してくれる子でした。自然がいっぱいある緑に囲まれたベンチで静かに勉強するのが好きで、鳥の鳴き声も好きって言っていた」（同前）

爽彩さんの親族も声を震わせる。

「遺影は8カ月前の昨年の夏に、爽彩が久しぶりに外に出て、お友達と偶然会った時に、みんなで撮ったものにしました。生まれた時から七五三などの節目のイベントがある度に写真館で写真を撮っていたんです。

でも、中学校に入ってイジメを受けた後は、あの子は引きこもるばかりで、ほとんど写真が撮れなかった。

以前は『将来は法務省で働いて正義の味方でいたい』ってよく言っていました。『検察官ではなく、弁護士はどうなの?』って聞いたら『爽彩は悪い人の味方はしたくない』って。

でも、イジメを受けてからは全部変わってしまった。自己否定を何度も繰り返し、部屋から『ごめんなさい、ごめんなさい』『殺してください』と独り言が聞こえてくるようになった。『外が怖い』と外出もできなくなってしまいました。

絵が昔からとても好きな子でね、いつもカラフルな明るい絵を描いていたのですが、それも随分とテイストが変わりました」

爽彩さんが家に引きこもるようになった2019年の秋以降に描かれたイラストがここにある。それまで描いていた色彩豊かな調子はなくなり、色はモノトーンに。ある絵には「ムダだって知ってるだろ」との言葉が書き込まれていた。彼女の心の叫びだったのだろうか。

わずか14年の人生に幕を下ろし、母親を残して天国へと旅立った爽彩さん。彼女を精神的に追い詰めたイジメの壮絶さは取材班の想像を絶するものだった。大人たちの知らないところで、爽彩さんの尊厳を踏みにじるような〝事件〟が起きていたのだ――。

爽彩さんが描いたイラスト

2 凄惨なイジメの実態

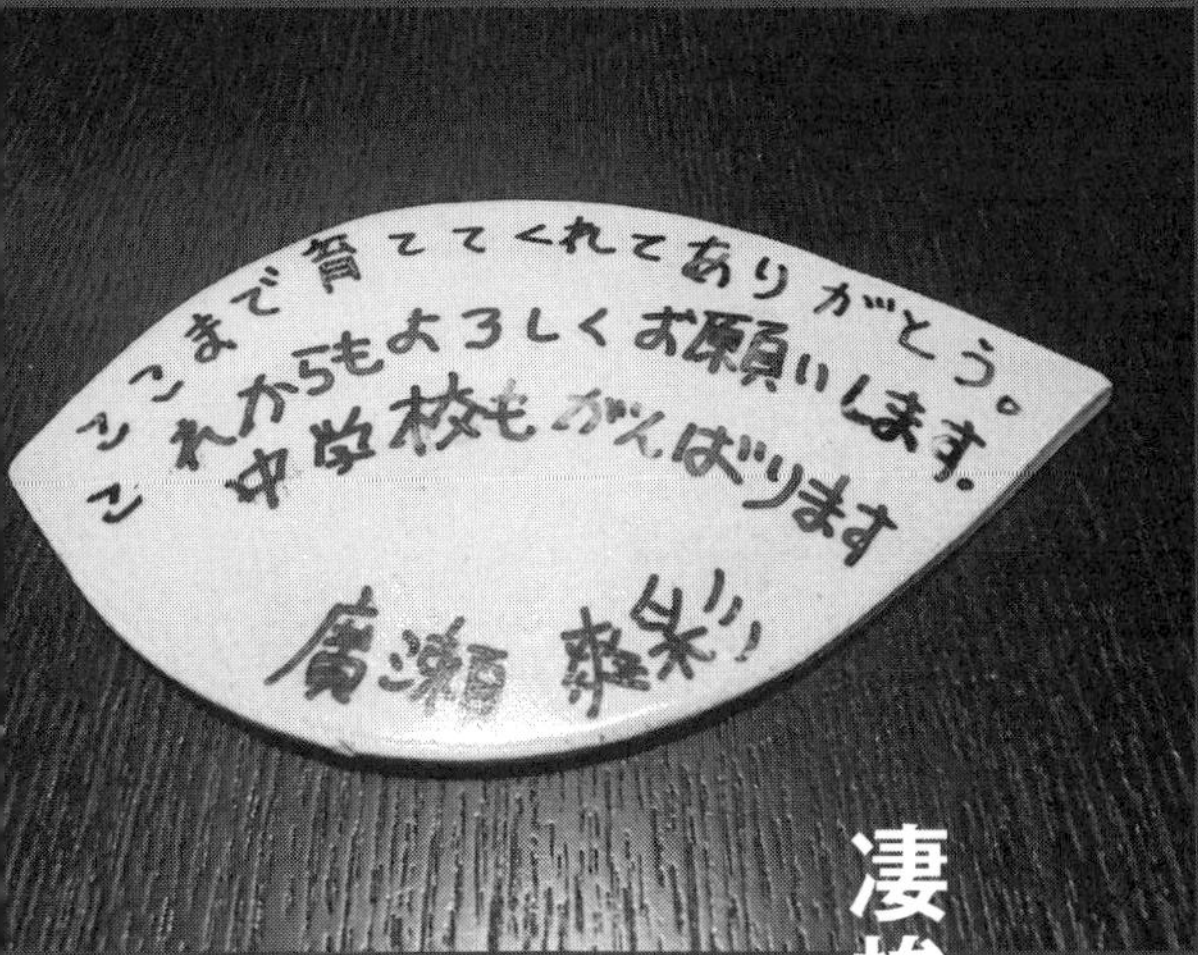
ここまで育ててくれてありがとう。
これからもよろしくお願いします。
中学校もがんばります
廣瀬 爽彩

小学校の卒業時に爽彩さんが母親に送った手作りメッセージ

中学入学後、消えた笑顔

なぜ、中学2年生の少女が悲惨な死を遂げなければならなかったのか。「文春オンライン」取材班が現地で取材を進めると、爽彩さんは2019年4月、Y中学校に入学してからほどなくして、警察が捜査に動くほどの凄惨なイジメを受け続けていたことがわかった。爽彩さんは2021年2月の失踪直前まで、そのイジメによるPTSDに悩まされ、入院と通院を続けながら自宅に引きこもる生活が続いていたのだ。

爽彩さんの母親がイジメの事実を知り、「娘の様子がおかしい」と、親族に相談を持ち掛けたのは、爽彩さんがY中学校に入学してから2カ月経った6月のことだった。親族の1人は「イジメにあった後の爽彩は、それまでとは別人のように変わってしまった」と悔しさをにじませる。
「もう元の爽彩ではないんですよね。何て言うんだろう。イジメを受ける前と後の爽彩は、周りの誰が見ても明らかに違ったんです。以前は笑って外に出かけたりして、勉強も好きな子でした。『将来は検察官になる』と言っていた子が、イジメを境に学校にも塾にも行けなくなってしまいました。医者からはＰＴＳＤと診断され、やがては自分の部屋に引きこもってしまった」（同前）

２０１９年４月、爽彩さんは地元のＹ中学校に入学した。学区の関係で、爽彩さんが通った小学校からこの中学校へ進んだのはわずか数名。爽彩さんはクラスになかなか馴染めなかったという。

きっかけとなったイジメグループとの接点は、中学入学から間もない４月中旬、中学校の近くにある児童公園で生まれた。緑あふれるその公園は付近の小中学生のたまり場だったという。

「爽彩は中学に入学してからはいつも、塾に行く時間が来るまで、そこで勉強をしたり、小説を読んだりして過ごしていました。やがて、その公園で、同じ中学の先輩らと顔見知りになる中で、２学年上のＡ子と知り合ったのです。

最初のうちA子とは、公園で話したり、夜に帰宅してからは音声を繋ぎながらネットゲームをしていたようです。ただ、A子の友人のB男と、近隣の別のZ中学校に通うC男がグループに加わると様子がそれまでとは変わっていきました。夜、ゲームをしている時もわいせつな会話をしながら、ということが増えていったそうです。この頃からA子、B男、C男らによるイジメが始まったようなんです」（同前）

天真爛漫《らんまん》だった爽彩さんの表情からは笑顔が消え、家でも暗く思い悩んでいる様子を見ることが多くなった。5月には、生まれて初めて母親に「ママ、死にたい……」と漏らしたという。前出の親族が続ける。

「今までそんなこと言ったことがなかったのに、部屋からぽっと出てきて『ママ死にたい、もう全部いやになっちゃって』と。母親が『何があったの？ イジメとかあるんじゃないの？』と聞くと、『大丈夫。そういうのじゃない』と答えたそうです。

ゴールデンウィークには、深夜4時くらいにB男らにＬＩＮＥで呼び出された爽彩が、いきなり家を出て行こうとしたところを母親が止めるという出来事もありました。母親がいくら止めても、爽彩は『呼ばれているから行かなきゃ』と、すごいパニックを起こしていた。ようやく引き止めたものの、その後もひどく怯《おび》えていたそうです」

執拗にわいせつ写真を要求

一体、爽彩さんの身に何が起きていたのか。のちに母親らが警察やイジメグループの保護者などに聞き取って判明したのは、C男が爽彩さんに対して、しつこく自慰行為の動画や画像を送るよう要求していたことだった。取材班も現地関係者に取材する中で、C男が爽彩さんに対して送っていたＬＩＮＥのメッセージを確認した。

6月3日、C男は爽彩さんに対して、次のＬＩＮＥメッセージを送っている。

《裸の動画送って》

《写真でもいい》

《お願いお願い》

《(送らないと) ゴムなしでやるから》

C男は爽彩さんに自慰行為の写真を携帯のカメラで撮って送るようしつこく要求。まだ12歳だった爽彩さんは何度も断ったが、上記のような暴力をちらつかせ脅迫するようなメッセージもあり、恐怖のあまり、自身のわいせつ写真をC男に送ってしまったという。それを機に、A子、B男、C男らによるイジメが目に見える形で露骨になってきた。

「A子はそのことがあった後に、爽彩に『大丈夫だった?』『私はあなたの味方だから』と言って、親切な友達のように装っていました。しかし、その一方では、C男が爽彩のわいせつ画像を入手したことを知ると、『私にも送って』と催促。C男はA子に爽彩の画像を転送したそうです。その後、複数の中学生が入っていたグループLINEにその画像が拡散されたこともありました」(前出の親族)

怯える愛娘の異常な様子に心配した母親は、何度も中学校の担任教師に「娘はイジメられているのではないか」と相談したという。

「4月に1回、5月に2回、6月に1回、担任の先生に『イジメられていますよね? 調べてください』とお願いしたが、担任の先生からは『あの子たち(A子ら)はおバカだからイジメなどないですよ』『今日は彼氏とデートなので、相談は明日でもいいですか?』などと言って取り合ってくれなかったそうです」(同前)

イジメは、さらに凶悪で陰険なものとなっていった。6月15日、爽彩さんはA子らにたまり場の公園に呼び出されたという。

「当時、公園には緑が生い茂り、外から園内は見えにくくなっていました。A子、B男、C男に加え、C男と同じZ中学校のD子、E子も後からやってきました。さらに公園で遊んでいた小学生も居合わせ、複数人で爽彩を囲んだのです。

そして『爽彩が男子中学生に裸の画像を送らされたり、わいせつなやり取りをしていた』という話を男子生徒が突然し始めると、周りを囲んだA子やD子、E子ら女子中学生が『それ今ここでやれよ。見せてよ』と、爽彩にその場で自慰行為をするよう強要したのです。その後、『公園では人が来るから』とA子らは、爽彩を公園に隣接する小学校の多目的トイレに連れ込み、再び自慰行為を強要しようとしました。複数人に取り囲まれ、逃げ出すことも助けを呼ぶこともできず、爽彩は従うしかなかった」（同前）

爽彩さんは、この〝事件〟が起きた頃から自暴自棄になり、執拗なイジメに対して「もう好きにして」「わかった」と、答えるようになった。もはや抵抗する気力も残っていなかったのだろう。

誰にも相談できず、凄惨なイジメに耐え続けていた爽彩さんだったが、その後、イジメはさらにエスカレートしてしまった。

3

少女は川へ飛び込んだ

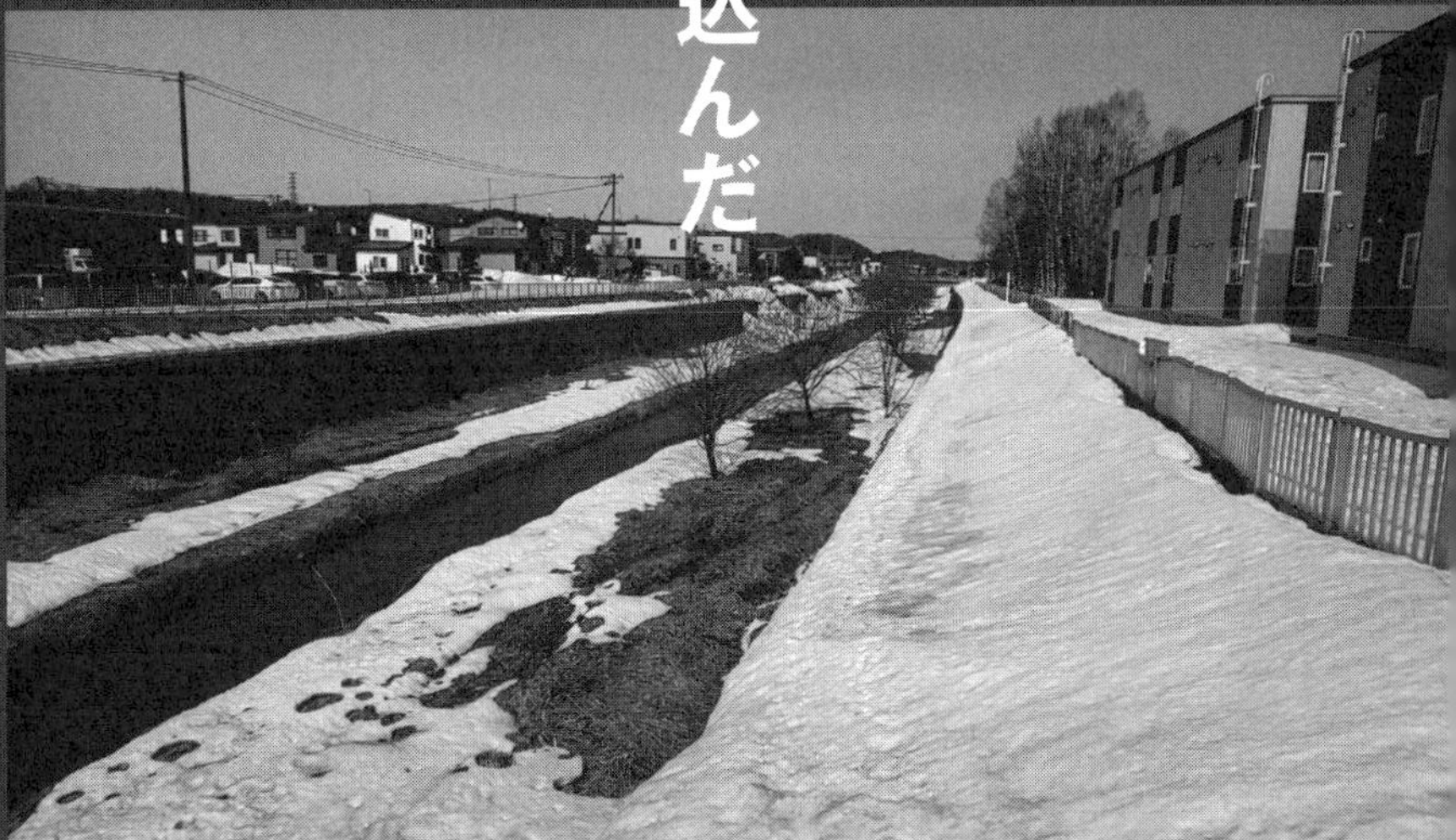

爽彩さんが川に飛び込んだ現場

「死ぬ気もねぇのに死ぬとか言うなよ」

２０１９年6月22日、爽彩さんがＡ子ら10人近くに囲まれた挙げ句、４メートルの高さの土手を降りて、川へ飛び込むという事件が起きた。この件では、警察も出動した。

この〝飛び込み事件〟は、地元の情報誌「メディアあさひかわ」（２０１９年10月号）が報じている。

記事は「自身の不適切な写真や動画を男子生徒によってＳＮＳに拡散されたことを知った女子生徒が精神的に追い詰められ、橋から飛び降りて自殺未遂を図った」と伝えている。

爽彩さんの母親の親族が説明する。

「記事は主犯格の人間を間違えていたり、事実と異なる部分もありますが、爽彩が川に飛び込んだことは事実です。現場は、彼女が過去に凄惨なイジメを受けた、小学校近くの児童公園の前を流れるウッペツ川でした」

取材班も現場を訪れた。川沿いの遊歩道は柵で通行止めされており、乗り越えなければ川岸には近づけない。川岸の土手は川面から4メートルほどの高さがあり、コンクリートで舗装されている。ウッペツ川は、川幅3メートル、水深は浅い小さな川だ。近隣に住宅はあるが、人通りは少ない。

「その日は雨が降っていたんです。夕方6時頃、加害グループのA子、C男、別の中学校の生徒や小学生ら計10人以上がウッペツ川の土手の上に集まった。これは事件後に爽彩の母親が本人から聞いた話ですが、1人の生徒が笑いながら、『今までのことをまだ知らない人に話すから。画像をもっと全校生徒に流すから』などと爽彩に言ったそうです。『やめてください』と爽彩がお願いしたら『死ね』と言われたと……。『わかりました。じゃあ死ぬから画像を消してください』と爽彩は答えたそうです。しかし、別の生徒が『死ぬ気もねぇのに死ぬとか言うなよ』と煽った。そこから集まった全員に煽られ、爽彩は柵を乗り越え、コンクリートの土手を降り、ついに川へ飛び込んだのです。

〝自殺未遂〟というより、イジメグループたちから逃げるためには川に入るしかなかったので

す」（同前）
川へ飛び込む直前、爽彩さんは中学校に「助けてください」と、助けを求める電話をしていた。すると、連絡を受けた学校から母親のもとにも「今から公園近くの川にすぐに来てください」と電話があった。母親は急いで現場へ向かったという。
「母親が川に着いたときには、爽彩は男の先生たちに抱えられていました。着ていたジャージはずぶ濡れで、川から引き揚げられた直後だったそうです。爽彩は『もう死にたい』と泣き叫んでいて。その様子を、他の加害生徒たちは公園側の遊歩道から柵越しに見ていただけだったそうです」（同前）
この〝事件〟の一部始終を川の対岸から目撃していた人物がいたという。
「その方（目撃者）が川に飛び込んだ爽彩を心配して、警察に通報したのです。その方は『私見てたの、1人の女の子をみんなが囲んでいて、あれはイジメだよ。女の子が川に飛び込んだときにはみんなが携帯のカメラを向けていた』と爽彩の母親に話したそうです」（同前）
取材班はこの目撃者にも話を聞こうとしたが、既に亡くなっていることが現場周辺の聞き込みでわかった。

加害者は誰一人処罰されなかった

幸い川に飛び込んだ爽彩さんにケガはなかった。だが、イジメの発覚を恐れた加害少年らは、のちに駆け付けた警察に対し、「この子はお母さんから虐待を受けていて、虐待が辛いから死にたくて飛び込んだ」と虚偽の説明をしたという。

加害少年の虚偽証言を警察が鵜呑みにしたため、爽彩さんの母親は、爽彩さんの病院へ付き添うことを止められたという。

「しかし、その後になって警察が調べて、虐待の事実はないことがわかり、母親は入院する爽彩と面会できるようになりました。

川へ飛び込んだ日の夜、爽彩のスマホが母親へ返却されました。母親が電源を入れましたが、当時ウッペツ川周辺で警察に『爽彩の友達だ』と証言していた生徒らからは、心配するメッセージや着信も一切ない。不審に思い、念のために爽彩のＬＩＮＥを開くと、そこには、Ａ子やＢ男、Ｃ男らによるイジメの文言や画像が残っていたのです」（同前）

この〝事件〟をきっかけに警察もイジメの実態を認識した。事件から数日後、爽彩さんのスマホのデータからイジメの事実を摑んだ旭川中央署少年課が捜査を開始。当初、加害少年らは自身のスマホを初期化するなど、イジメの証拠隠滅を図ったが、警察がそのデータを復元し、彼らが撮ったわいせつ動画や画像の存在が明らかになった。

そして、刑事らによってイジメに加わった中学生と小学生ら全員が聴取を受けた。母親も警察から事件の概要を聞かされて初めて、爽彩さんが受けていたイジメの全容を知ることとなったという。前出の親族が続ける。

「母親は、警察から『爽彩さんで間違いないか』と加害者が撮った写真の確認をさせられたそうです。その写真というのが酷いものだった。爽彩の上半身裸の写真や、下半身を露出させた写真や動画があったのです。上半身裸の写真には、爽彩の顔は写っていませんでしたが、服は爽彩のものでした」

捜査の結果、わいせつ画像を送ることを強要した加害者であるC男は、児童ポルノに関わる法令違反、児童ポルノ製造の法律違反に該当した。だが、当時14歳未満で刑事責任を問えず、少年法に基づき「触法少年」という扱いになり厳重注意を受けた。A子、B男、D子、E子らその他のイジメグループのメンバーは強要罪に当たるかどうかが調べられたが、証拠不十分で厳重注意処分となった。現場となった公園はその後、小学生の立ち入りが禁止されたが、加害者側は誰一人処罰されることはなかった。

「しかし、彼らは反省すらしていなかったのです。捜査終了後、警察を通して、爽彩の画像や動画のデータは加害者のスマホからすべて削除させたのですが、翌日に加害者のひとりがパソコンのバックアップからデータを戻して加害者たちのチャットグループに再び拡散。その後、警察がパソコンのデータを含め拡散した画像をすべて消去させても、データを保管したアプリからまた別の加害者が画像を流出させたりと、その後もわいせつ画像の流出が続きました」（同前）

結局、退院した爽彩さんと母親は、２０１９年９月に引っ越しをし、市内の別のX中学校へ転校することになった。しかし、爽彩さんはイジメの後遺症に苦しめられ、医者からはＰＴＳＤと診断された。ほとんど新しい学校に通うことができず、自宅で引きこもる生活を余儀なくされた。

その後１年以上にわたりイジメによるＰＴＳＤで悩まされた爽彩さんは、２０２１年２月13日に失踪すると、３月23日に変わり果てた姿で見つかったのだった。

爽彩さんと加害者が通っていた地元のY中学校にイジメについて事実確認を求めたが、中学校は「個人情報により、個別の案件にはお答えできません」と回答した。同中学校を指導する立場にある旭川市教育委員会にも事実確認を行ったが、「個別の案件にはお答えできない」と答えるのみだった。

事件当時、このY中学校に在籍していたある教員は、イジメの事実を認め、取材班にこう語った。

「加害生徒には厳しく指導をしました。泣いて反省する子もいれば、ウソをついてほかの生徒に責任を擦《なす》り付けようとする子もいるなど、子どもたちの反応はバラバラでした。爽彩さんがどうやったら学校に戻れるかについて、教職員間で話し合いを始めた矢先に、転校してしまった」

A子、B男、C男、D子、E子ら加害少年グループのメンバーは爽彩さんが亡くなったことについて、いま何を思うのか。取材班は彼らの保護者にアポイントを取り、保護者同伴のもとで彼らに話を聞いた——。

イジメがあった公園

4 加害者たちが語ったこと

「別に何も思わんかった」

爽彩さんへのイジメが発覚してから2年。中学を卒業し、旭川市内に住む加害生徒らから話を聞こうと、取材班は少年少女の保護者にアプローチをした。するとA子とB男は保護者と一緒に取材に応じ、C男とD子、E子は保護者が取材に応じた。

わいせつ画像の拡散が疑われたA子は現在16歳。茶髪にピアスという出で立ちで年齢よりも大人びて見える。

――爽彩さんとはどのような関係でしたか?

「友達」

――彼女のわいせつ画像を持っていましたか?

「持ってない」

――A子さんがC男くんに「爽彩さんのわいせつ画像を送ってほしい」と言ったという証言もありますが事実でしょうか。

「ない」

――わいせつ画像を目にしたことはありますか?

「あります」

――画像を見たときはどう思われましたか?

「別に何も思わんかった」

――なんでこんな画像があるんだろうとは思いませんでしたか?

「いや、それは別にZ中学の人(C男)が撮れ! 送れって言ったから撮ったんだろうな、送ったんだろうなってぐらいしか思っていない」

――深夜、公園に爽彩さんを呼び出したことはありますか?

「ない」

――A子さんが呼び出したという証言もあります。

「どうせZ中学の人たちはうちを悪者にしたいから。まあ、2年前の事件の時もそうだったんで」

――それはなぜですか？

「嫌いだからじゃないですか？　うちのこと。（Z中学の人とは）仲良くはないですよ、関わりがないですもん」

――公園で爽彩さんが自慰行為を強要された件は覚えていますか？

「……いや。あ、（自分も）いた」

――誰が指示をしていたのでしょうか？

「あぁ、それはD子が言ってた」

――自慰行為を強要されて、爽彩さんは嫌がっていたのではないですか？

「うーん……まぁ、うん」

――どういう経緯でそうなったのでしょうか？

「えぇ？　そのときC男もいたから、C男が写真の件の話を出して、じゃあできるならここでやってみろよ、みたいな。確か。それでD子がやれって言った」

――その時、A子さんはどうしていましたか？

「うちとB男は離れてた。その場から。見たくもないし聞きたくもないし」

――これはイジメだなとは思いませんでしたか？

「うーん？」

――イジメではなく、その場のノリのようなものだったということでしょうか？

「うんうんうん」

――あれから2年が経ちます。今思うと、あれはイジメだったと思いませんか？

「うーん……別にどっちでもないんじゃないです？　本人最初嫌がっていたとしても、どっちにせよ最終的には（自慰行為を）やってるんだから」

――爽彩さんがウッペツ川へ飛び込んだ事件については覚えていますか？

「あれは（爽彩さんが）自分から飛び込んだ」

――どうしてそうなったのでしょうか？

「どうして？　わかんないです。死にたくなったんじゃないですか？」

――なぜ死にたくなったんでしょうか？

「そこまではわかんないです」

――爽彩さんに向かって「死ぬ気もないのに死にたいとか言うなよ」と言っていたという証言

があります。

「それは言いました。周りに小学生いるのに死にたい死にたいとか、死ぬ死ぬとか言ってて、どうせ死なないのに次の日またあそこの公園に現れてたから。小学生にはそういうのはダメでしょ？　と思って言ったんです。うん。うん。言った」

——A子さんがイジメの主犯格だったという証言もあります。

「私ではない。別のZ中学の子（C男、D子、E子）が私を悪者にしている。あっちが一方的に嫌っているから」

——悪者にされていることについてはどう思いますか？

「いや、別に何とも思わない」

するとA子の母親が、こう言って間に入った。

「いやだって、そもそも、こんな子に命令されて誰が言うこと聞くのって話じゃないですか」

「おい！」（A子）

「うち同級生だったら別に（言うことを聞かない）……」（A子の母親）

——もう一度確認ですが、A子さんは爽彩さんのわいせつ画像を貰ってないし、拡散もしていない？

「うん」

――爽彩さんを脅したこともない？

「うん」

――爽彩さんが亡くなったことはご存知でしたか？

「うん」

――爽彩さんが亡くなったと知ってどう思いましたか？

「うーん、いや、正直何も思ってなかった」

――爽彩さんがイジメの件でずっと悩んでいたことは知りませんでしたか？

「うん」

――最後に思うことはありますか？

「いや、その自慰行為のやつだけがすべてなのかなって。（他にもトラブルがあり）爽彩さんから相談を受けたっていう風に私も聞いたんで。それも一理あったんじゃないかなって」

――それは、誰がということですか？

「F男」

――どういう経緯でそうなったかは聞きましたか？

「いや、そこまでは聞いてないです」

Ａ子に長時間話を聞いたが、最後までイジメに対する謝罪も、爽彩さんが亡くなったことに対するお悔やみの言葉もなく、取材中、Ａ子と母親は、ときおり目を合わせ笑い出すこともあった。ちなみにＡ子が指摘するＦ男と爽彩さんのトラブルについては10章で後述する。ただ、Ｆ男に関しては文春オンラインの取材で一連の「イジメ事件」については無関係だったことが判明している。

自分ではなく他の人が

取材班は爽彩さんのわいせつ画像を拡散させたとされるＢ男にも話を聞いた。

「爽彩と出会ったのは２０１９年の4月頃で、別の友達と（オンラインゲームの）『荒野行動』で遊んでいたら、ゲーム上で繋がって遊ぶってなった。印象は普通の子だった。（Ｃ男が爽彩さんにわいせつ画像を撮らせた経緯は）わからない。Ｃ男が爽彩とビデオ通話してそれをスクショして送ったみたい。最初はＣ男、Ａ子と自分のグループＬＩＮＥに送られてきた。自分は誰にも送っていない」

――爽彩さんに自慰行為を強要したことはありますか？

「C男、D子、E子が『やってほしい』みたいになって、自分とA子はどっちでもよかった。正直、自分はあんまり見たくなかったからフードをかぶって見ていないけど、他の4人は見ていた。（自慰行為のときは公園に）人が来るから小学校の男女共用のトイレに移動してやらせていた。みんなそこに入っていったけど、俺はさっきと同じで見てはいない。時間は10分とか5分とか。強要とか脅しはないです」

──爽彩さんが川へ飛び込んだ事件の現場にはいたのでしょうか？

「その場にはいなかったけど、A子から電話がかかってきた。C男が爽彩の仕草をしつこく真似した。それが爽彩は嫌だったみたいで、キレて自分で川の下へいったみたい」

──爽彩さんのわいせつ画像を削除したと聞きました。

「警察に呼ばれたとき、携帯を見せてその場でデータを消した。学校からは5回くらい呼ばれて、怒られるというよりは『何があったのかちゃんと話して』という感じだった」

改めて、「公園で爽彩さんに自慰行為をさせたことを、イジメと認識していますか？それとも悪ふざけですか」と問うと、B男は「悪ふざけ」とだけ答えた。

爽彩さんにわいせつ画像を送らせ、警察から「触法少年」の処分となったC男。C男の保護者が取材に応じた。

「（C男は）いいも悪いも何もわからないでやってしまったんです。どういうものか知らなくて興味本位で言ったと思うんです。C男の話では冗談紛れで（画像を送ってほしいと）言ってたら、爽彩さんが本当に自分で撮って送ってきたらしいんですよ。息子も初めて見て驚いてすぐに消したんですけど、その前にA子さんに『送って』としつこく言われて、（A子に）送っちゃったみたいです。C男はそのあとに画像データをすぐに消していて警察も確認済みです」

――爽彩さんに自慰行為を強要させた場にもC男君はいました。

「女の子たちがやったことですよね。うちは男の子なので女子トイレには入っていないし、もう1人の男の子と公園にいたらしいです。（爽彩さんは）『嫌だ』って泣いたから結局やっていないと聞いていました。みんな嘘をついているのか、隠しているのか、自分を守りに入っちゃうし、本当のところはわからないです」

――C男君は《（画像を送らないと）ゴムなしでやるから》と爽彩さんにLINEを送ったという証言もあります。

「それはないですね。絶対にないです」

――爽彩さんは拡散されたわいせつ画像や強要された自慰行為のことがトラウマとなっていま

した。

「きっかけにはなったとは思います。うちの息子もすごく反省しました。でも、（爽彩さんが）家出とかを繰り返していたのはご存知ですか？　親とうまくいってなかったそうで息子は爽彩さんに『私は独り』と、相談されていたと聞きました。

本当に短期間であんな事件になってしまって、A子ちゃんは夜まで公園にいてだらしなかったから、すごく胸騒ぎがして『付き合うのはやめなさい』ってずっと言ってたんですよね。そう言っているときにあんなことになっちゃって……。警察の前でLINEも消して、もう事件の子たちとは一切付き合いはないです。

うちにも娘がいるので、もし自分の子がと思ったら……。息子にはすごく怒りました。息子もやってしまったことは悪いですけど、隠れている部分やイジメを認めない人とかたくさんいるので、悔しいのは正直あります」

「全部こっちのせいにされている」

D子とE子の保護者は「自分の子どもは偶然その場に居合わせていただけだ」と説明。

E子の保護者は「娘は（自慰行為を）『やれ』とは命令していない。娘だけでなくみんなで

『できるの?』と聞いた」と話した。D子の保護者は「今思えばイジメだったと思う。娘も反省している」と語った。

一方、B男の保護者は「子どもたちが(事件に)関わる前から、(爽彩さんの)家庭環境にも問題があり、正直全部こっちのせいにされている」と語った。

4月中旬、爽彩さんの四十九日法要を終えた母親に再び話を聞いた。加害少年の保護者から爽彩さんの家庭の問題を指摘する声が上がっていることについて聞くと、静かにこう語った。

「娘を育てるために仕事で忙しく、家を空けることもありましたが、それ以上に愛情を込めて育ててきました。離婚したあとにお付き合いした人もいました。爽彩が小学校低学年の頃からパートナーの男性と3人でゲームをしたり、食事に行ったり、その相手と学校の行事に行くこともありました。爽彩もパートナーの実家に行きたいと言い出して一緒に行ったり、男性とワカサギ釣りに行って楽しそうにしていました。

爽彩の希望ならと塾に通わせたときに一度、帰宅途中に迷子になったり、塾に『行きたくない』と言い出すこともありました。娘はパートナーの方に悩みを相談するほど距離も近く、その日に学校であったことを自分から笑顔でたくさん話す子だったんです」

しかし、イジメの被害に遭ったあとは「ママ、死にたい」「ごめんなさい、ごめんなさい」と、錯乱を繰り返すようになり、笑顔も消えてしまった。

「娘は簡単に死を選んだわけじゃないと思います。泣かないと決めていたのに、すみません……。何があったとしてもイジメをしてもいいという免罪符にはなりません。許されることではないし、とても悔しい気持ちですが、加害者の子たちが不幸になってほしいとは思いません。ただ、イジメって簡単に人が死んでしまうということを知ってほしい。イジメは間接的な他殺です。せめて、反省だけでもしてほしいです」

それだけ言うと、唇を強く結んで母親はもう何も語らなかった。

5

中学校はどう対応したか

亡くなった公園には花や飲み物が置かれていた

届かなかった母親の声

「爽彩さんが亡くなったことを受けて、もう一度、命の大切さについて私のほうから生徒たちに伝えようと考えました。生徒たちも全員私のほうをちゃんと見て、真剣に聞いてくれていました。爽彩さんには、ただただご冥福をお祈りするしかないなと、本当に痛ましく悲しいことだなと受け止めています」（X中学校校長）

２０２１年４月15日、旭川市内のX中学校では、体育館に学年ごとに生徒が集められ、「命の大切さを訴える会」が開かれた。この中学校は廣瀬爽彩さんが最後に在籍していた転校先の学校だ。X中学校の校長は、同校の生徒である爽彩さんが痛ましい最期を遂げてしまったことの無念さを訴え、改めて「命の大切さ」について、生徒たちに真摯に語り掛けた。

3月下旬に市内で行われた爽彩さんの葬儀には、親族や爽彩さんを捜すために尽力したボランティアなど、多くの人が訪れた。爽彩さんは家に引きこもり、学校にも行けない生活を続けていたが、X中学校の校長や担任教師も参列したという。爽彩さんの親族が語る。

「爽彩の小学校のときの同級生やX中学校のクラスメイトの子たちも来てくれました。FacebookやTwitterを見た全国の方から香典もいただきました」

一方、爽彩さんが2019年4月から9月まで在籍したY中学校の関係者は誰一人、葬儀にはやってこなかった。爽彩さんはY中学校に入学した直後から、同校に通う上級生のA子らからイジメを受けていた。爽彩さんの母親は何度も当時の担任の教師や学校に「娘がイジメられている」と訴えたが、Y中学校に母親の声は届かなかった。

「もっとY中学校が真摯に対応してくれていれば、爽彩へのイジメがこれほどエスカレートすることもなかったのではないか。そう思うと残念でなりません」

前出の親族はこう語るとため息をついた。取材班が、Y中学校のイジメへの対応に問題がなかったか取材を進めると、Y中学校のあまりに杜撰《ずさん》な対応の実態が明らかになった。

2019年4月、爽彩さんがY中学校に入学した直後から始まったイジメは凄惨なものだった。彼女にわいせつ画像を送らせ、それをＬＩＮＥグループ内に拡散。その後、小学生を含む複数人で爽彩さんを囲み、自慰行為を強要するという事件も起こった。爽彩さんの母親は娘の異変に気付き、学校側に何度も相談したという。前出の親族が語る。

「担任の先生には母親は『イジメありますよね？　調べてください』と何度も電話で伝えました。でも、訴えの電話をしたその日の午後や次の日には担任の教師から折り返しの連絡がきて、『本当に仲のいい友達です。親友です』という答えが返ってくるだけでした。母親はあまりの返答の早さに、しっかり調査をしたのかと不信感を抱いていました。

爽彩自身も担任の先生にイジメの相談をしたことがあったそうです。ただ、『相手には言わないでほしい』と言ったのに、その日の夕方には加害生徒に担任の教師が直接話をしてしまったそうです。爽彩は担任の先生には『二度と会いたくない』と言っていました」

態度を硬化させた中学校

６月、爽彩さんが地元のウッペツ川へ飛び込んだ事件が発端となって、警察が捜査を開始。事件後、爽彩さんは心身のバランスを崩し、長期入院を余儀なくされた。

「Ｙ中学校の教頭や先生は爽彩が入院していた病院にお見舞いに来てくれて、『頑張れー、爽彩さん』と励ましてくれました。母親は『爽彩との時間を大切にしたい』と毎日、病院へと通う一方、何度かY中学校にも呼ばれて、学校側から加害生徒の聞き取り調査の経過報告などを受けていました。ただ、母親は爽彩のイジメに相当ショックを受けていて、心労が重なり、体調を崩すことがあったんです。そのため、Y中学校側との話し合いの場には代理人の弁護士に行ってもらうことにしたんです」（同前）

母親としては、弁護士にはあくまで自身の代理として調査結果の聞き取りなどを行ってもらう予定だったが、Y中学校側は急に態度を硬化させた。前出の親族が続ける。

「母親が弁護士の同席を学校側に求めたら『弁護士が一緒では話すことができない』と、母親一人で来るように指示を受けました。母親は仕方なく、体調がすぐれないなか一人で学校へ行きました。その話し合いの場で、教頭先生から『わいせつ画像の拡散は、校内で起きたことではないので学校としては責任は負えない』『加害生徒にも未来がある』などと突然告げられたそうです。その話を母親から聞かされた爽彩は『どうして先生はイジメたほうの味方にはなって、爽彩の味方にはなってくれないの』と泣いたそうです」

その後、加害者のC男、D子、E子が通っていたZ中学校から「加害者の保護者から謝罪の場を設けてほしいという要請があった」という連絡がY中学校にあった。そこでY中学校とZ中学校は検討を重ね、合同で「加害生徒と保護者が、爽彩さん側に謝罪する会」を開く予定で進めることになった。

しかし、爽彩さん側が、謝罪の会に弁護士の同席を求めると、Y中学校は同席を拒否。Z中学校は同席を認めたため、結局、謝罪の会はY中学校とZ中学校別々で行われることになった。

２０１９年8月29日の夕方、爽彩さんの母親と弁護士、加害者C男、D子、E子と自慰行為の強要の場に居合わせた複数の小学生とその保護者らが出席して、Z中学校での「謝罪の会」は実施された。母親の支援者が打ち明ける。

「Z中学校からは爽彩さんを連れてきてほしいと言われましたが、爽彩さんは出席できる状況ではなかったので母親と弁護士だけで出席しました。20名ほどが集まった教室で最初に校長先生が『うちの生徒が申し訳ありませんでした』と謝罪しました。その後、加害者と保護者は廊下で待機。教員立ち会いのもと、母親と弁護士の待つ教室に加害生徒とその保護者が一組ずつ入ってきて話し合いを行いました。爽彩さんが公園で自慰行為を強要された際に、中学生の加害生徒らと一緒に爽彩さんを囲んだ小学生の両親は泣いて謝るケースがほとんど。しかし、中学生の加害者の中には表向きは謝ったものの、『私たちは（イジメを）見ていただけ』と言い訳をする者もいた」

当時の担任教師は……

紛糾したのはY中学校での「謝罪の会」だ。Y中学校も最終的には弁護士の同席を認め、Z中学校から遅れること2週間、9月11日に会は開かれた。爽彩さんの母親と弁護士、A子、B男、F男とその保護者ら十数名がY中学校のミーティング用の教室に集まった。

「音声の録音は禁止され、学校は『弁護士が同席するのなら教員は同席しません』と、最初に学校側の校長と教頭が挨拶だけして教員は全員退席しました。あくまで学校側は場所を貸すだけということだったようです。母親が鮮明に覚えていたのは、その場でのA子の態度です。イジメのことを尋ねても『証拠はあるの？』と逆にこちらに突っかかってきたり、足を投げ出してのけぞって座ったりと、とても反省している様子は見られなかった。その様子を見てもA子の保護者は注意することもなく、『うちの子は勘違いされやすい。本当は反省している』と言っていたそうです。A子の担任の先生が同席していれば、また違ったのかもしれないですが、あまりに酷すぎます。一体何のために集まったのかよくわからない会

だったと話していました」（同前）

謝罪の会が開かれる前に、爽彩さんは病院を退院。２０１９年９月に引っ越しをし、Ｘ中学校に転校することになった。

「Ｙ中学校の教頭先生からは、『退院したらまた学校に』と言ってもらいましたが、拡散されたわいせつ画像を先生やクラスメイトに見られたかもしれないわけです。そんな中で思春期の女の子が今まで通り同じ学校に通学することができると思いますか。それにＹ中学校には加害者もいて、イジメの事実を正式に認めていません。そんないい加減な学校に娘をまた預けることができる親がどこにいるのか。

Ｙ中学校は事件後に加害生徒から聞き取った調書を冊子にまとめているのですが、母親がいくら『イジメの真相を知りたい』と訴えても見せてくれませんでした。弁護士を通して、学校と市の教育委員会に情報開示請求を何度も行っても、すべて拒否されています」（前出の親族）

なぜ、Ｙ中学校はイジメの初期の頃から真摯な対応をしてこなかったのか。取材班は２０２１年４月10日、爽彩さんの当時の担任教師に話を聞いた。

――爽彩さんの母親からイジメの相談があったと思いますが、適切に対応されましたか？

「学校でのことは個人情報なのでお話しすることができません」

――なぜ、謝罪の会に先生は立ち会わなかったのですか？

「学校でのことは個人情報なのでお話しすることができません」

――爽彩さんにお悔やみの言葉はありますか？

「すみませんが、私からはお話しすることができません」

どんな質問をしても当時の担任から語られるのは、どこか他人事のような同じ台詞だけだった。時折、マスクの裏で苦笑いを浮かべていたことに取材班は驚きを隠せなかった。

6

「イジメはなかった」当時の校長を直撃

遺品となった眼鏡。遺体発見時も身に付けていた

「アンケートでイジメがあるという結果は出ていない」

「（ウッペツ川に飛び込んだ事件について）お母さんの認識はイジメになっていると思いますが、事実は違う。

爽彩さんは小学校の頃、パニックになることがよくあったと小学校から引き継ぎがあり、特別な配慮や指導をしていこうと話し合っていました。爽彩さんも学級委員になり、頑張ろうとしていた。でも川へ落ちる2日前に爽彩さんがお母さんと電話で言い合いになり、怒って携帯を投げて、公園から出て行ってしまったことがありました。

何かを訴えたくて、飛び出したのは自傷行為ですし、彼女の中には以前から死にたい気持ちっていうのがあったんだと思います。具体的なトラブルは分かりませんが、少なくとも子育てでは苦労してるんだなという認識でした。ただ、生徒たちが爽彩さんに対して、悪い行為をしたのも事実です。その点に関してはしっかり生徒に指導していました。

我々は、長いスパンでないと彼女の問題は解決しないだろうから、お母さんに精神的なところをケアしなきゃいけない問題だって理解してもらって、医療機関などと連携しながら爽彩さんの立ち直りに繋げていけたらなと考えていました」

２０２１年４月11日、爽彩さんが通っていたＹ中学校の当時の校長が、約２時間にわたって「文春オンライン」の取材に応じた。

――爽彩さんが亡くなったことは知っていましたか？

「２月にいなくなったことは聞いていて、１カ月も経って遺体で発見されたと、ネットで初めて知りました。学校にいた生徒ですからね、中には入らなかったですけど葬儀場の近くまで行って、外から手を合わせました。なんとかしようというのはあったと思うんですけど、居た堪《たま》れない」

――爽彩さんの母親からイジメの相談があったときに調査をしましたか？

「生徒間のトラブルや、些細《ささい》なトラブルがあれば情報共有することを学校側ではしている。もし、イジメがあれば把握はします。毎年５月にイジメに関するアンケート調査を実施していますけど、（イジメが）あるという結果はあがってないです」

――それでイジメはなく、爽彩さんが抱えているのは家庭の問題だと判断したと。なぜそのような判断になったのですか？

「（ウッペツ川への飛び込み事件があった）当時、教頭先生からの話では、爽彩さんを川から引き揚げた時にお母さんを呼んで引き渡そうとしたが、本人（爽彩さん）が帰りたくないと大騒ぎしたそうです。子どもの問題の背景に家庭の問題というのは無視できないですから」

――加害生徒たちが爽彩さんに対し、卑劣な行為を繰り返していたのも事実です。加害生徒への指導は適切に行いましたか？

「指導する立場ですから。あくまで（学校は）警察ではないので、しっかり指導はしました。警察が動いているときは、（イジメの）話題には触れないで下さいとあったので（そのように）対応してます」

――先生たちの対応や指導に対して、加害生徒たちはどういう反応でしたか？

「それについてはお話しすることができません。学校内で起きたことを個別でどういうことを指導しているかについて、学校として他に喋ることはできない。そんなことをしたら生徒に対する裏切りになる」

最終的には指導の場

――亡くなった爽彩さんは失踪直前までにこの件でＰＴＳＤとなり、「死にたい」と親族に話していました。

「爽彩さん本人と話せなかったですし、そこまでに至らなかった。ですから転校した後も関係した生徒と保護者、爽彩さんのお母さんを交えて話し合いをしています」

――２０１９年９月11日に行われた「謝罪の会」ですね。学校側として、弁護士の同席を拒否しようとしたのは事実ですか？

「それは事実です。教育機関のあるべき姿じゃないです。実際に指導の場に弁護士が立ち会うものですか？　僕は入れるべきじゃないって言いました。私たちの学校は被害者と加害者の生徒が絡んでいるんですよ。弁護士がいるなんて子どもからしたらどれだけ厳しい状況だと思います？　教育者としてそれはあり得ない」

――９月11日の会はどういう目的で開かれた会だったのですか。生徒への「指導の場」としてなのか、それとも爽彩さんへの「謝罪の場」としてなのか？

「最終的には指導の場です。だから謝罪しましょうってなってるんですから」

――学校側が設けたのですか？

「そうです。前からやっていますから、例えば、ケガをさせたりだとか、そういう時は謝罪をしましょうって」

――爽彩さんの代理人弁護士から加害生徒の調書の開示請求が行われていますが？

「それに関してはしっかりと理由を伝えて開示できないと伝えました。（開示できない理由は）顧問弁護士と話し合って決めました。申し訳ないですけど、すべてきちんとやっています」

子どもは失敗する存在

――加害生徒の犯したことは指導でどうにかなる範囲を超えていませんか？

「相当の問題ですよ。ただ、その問題の背景もすぐさま見ないと。単に現象だけ見ても実際にあったわけですから。たまたまいて（イジメに）絡んだ子もいっぱいいるんですよ。ですから指導はしていますよ」

――どの事件に関して、指導を行ったのですか？

「ですから、その公園で（自慰行為を強要した事件）……。爽彩さんが入院するに至ったことについて、子どもの間でトラブルがあったから対応していました」

――イジメがあったということですか？

「さっきから、そこまで至ってないって言ってるじゃないですか」

――イジメがあったから指導したのではないのですか？

「だから指導しましたよ。その時にいたみんなに責任があるだろうということで。子どもによっては、何を言ったか分かんないけど調子に乗って言ってたと言う子もいたり。ただ、学校としてはその時の場面だけが問題と捉えてなくて、夜中にＬＩＮＥでやり取りしてたり、それこそ爽彩さんが出て行こうとしたりとかがあった。それはお母さんから聞いたから記憶があるんですけど、そういう一連のことも加害生徒に指導してたんですよ」

――自慰行為を強要すること自体が問題だと思いますが。

「子どもは失敗する存在です。そうやって成長していくんだし、それをしっかり乗り越えていかなきゃいけない」

――学校の指導によって、加害生徒は反省していましたか？

「僕が生徒に指導した時も、命に関わるんだぞ、どれだけ重大な事をやってるのか、わかっているのかと。素直にまずかったっていう子もいたし、最後の最後まで正直に話せなかった子もいる。指導した生徒の中に、公園で以前、小学生とすごく卑猥《ひわい》な話をしていて近所から通報があった子もいたのですが、指導しても（そのことを）認めない。自分の子どものやった事に向き合えない保護者もいて、学校としても本当に苦労したのは事実です。逃げ回って人のせいにして自分は悪くないとかではなく、心の底から反省したら本人が立ち直るんだし、そこに気づかせて二度とそういう事をしないようにしないといけない」

犯罪行為があってもイジメとは言えない

――警察の捜査が終わり、２０１９年７月まで加害生徒の指導を続けたそうですが、爽彩さんとはどのように向き合いましたか？

「爽彩さんのお母さんと話し合っていこうとしたときに、警察の捜査が始まり、対応も制約を受けてしまった。でも、あの一件はやっぱり整理をつけなきゃいけない。そうでないと何も始まらないって事で、どこが悪かったのかを加害生徒に認識させて、今後どうしたらいいのかを考えさせるって事はやりました。入院中の爽彩さんが退院して学校に戻って来た時に二度とこんな事にならないように、そのためには色々課題があるという話をしたかったんですけど、突然、転校してしまった。我々の中では、話し合いの場に弁護士を入れてどうするかっていう話だけが残ってしまったのです」

――学校の認識として、イジメはなかったという事ですか？

「そうですね。警察の方から爽彩さんにも聴取して、『イジメはありません』と答えてます。それは病院に警察が聴取に向かって聞き出したことで、学校が聞き出したことではないです。実際にトラブルがあったのは事実ですけど」

――改めてトラブルがあったのは事実だが、イジメではないということですか？

「何でもかんでも、イジメとは言えない」

――男子生徒が当時12歳の少女に自慰行為を強要して撮影することは犯罪ではないですか？

「当然悪いことではあるので、指導はしていました。今回、爽彩さんが亡くなった事と関連があると言いたいんですか？　それはわからないんじゃないですか」

爽彩さんと加害者生徒らとの間に「トラブル」があったことは認めつつも、それが「イジメ」であるかについては否定。加害生徒に対して適切に指導を行ってきたと主張した。

Y中学校の元校長が指摘する「家庭の問題」について、爽彩さんの母親に改めて話を聞いた。

「爽彩は一人娘で大事に育ててきました。ただ、とても繊細な性格で、宿題をやったのにそれを家に忘れたりすると、嫌になり学校から家に帰ってきてしまうこともありました。走って追いかけられたりするとパニックになることもあって。小学校のときに些細なトラブルがあり、事情を知らない先生が爽彩を走って追いかけてしまい、開いていた教室の窓から外のベランダに飛び越えたことがありました。校長先生はその件のことを言っているのかもしれません。しかし、それを自傷行為と捉えるのは間違いです。もちろんその後もケガもなく普通に授業も受けていきます。それからこれは（ウッペツ川に飛び込んだ事件で入院した病院を）退院した後に爽彩から聞いたのですが、川に飛び込んだときに『ママに会いたくない』と言ったのは、『警察が来て大事になってしまい、なんでこうなったのかを聞かれると思ったから』と話してくれました。

どこまで何をされたらイジメになるんでしょうか。警察に犯罪行為と認められてもイジメじゃないとまともに取り合ってくれないのなら、親はどうすればよいのか」

学校は子どもの命を守る最後の砦《とりで》といわれる。しかし、爽彩さんはイジメの問題が起きた当時、学校に守られることはなく、２０２１年２月、わずか14年の生涯の幕を閉じた。元校長は加害生徒について、「子どもは失敗する存在です。そうやって成長していくんだし、それをしっかり乗り越えていかなきゃいけない」と語ったが、同じ言葉を爽彩さんの墓前で述べることはできるだろうか。

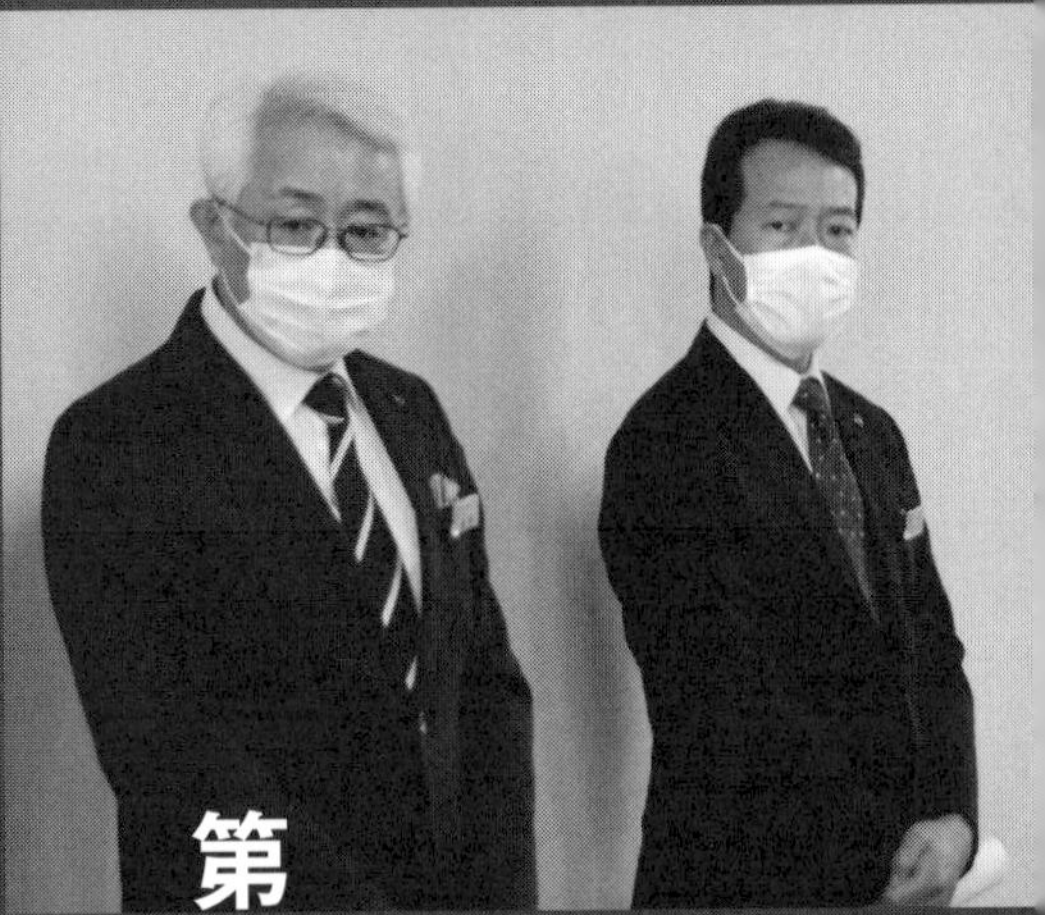
西川将人・旭川市長（右）と
黒蕨真一・教育長

7

第三者委員会による再調査が決定

市教育委員会に問い合わせが殺到

2021年4月22日、北海道旭川市の西川将人市長は、記者団の前でこう明言した。

「（文春オンラインの）記事を読むまで、私も教育委員会も事実関係について全く違う認識をしていた。もしかしたら私たちが事実誤認をしていたかもしれないという視点から、しっかり調査をする必要がある。もし、イジメということになれば、これまでの（学校や市教委の）対応に問題があったということになるだろう」

「文春オンライン」では4月15日、廣瀬爽彩さんの死亡の背景に上級生らからの凄惨なイジメがあったことを報じた。

記事公開の直後から旭川市教育委員会などには300件以上の問い合わせが相次い

だ。事態を重く見た旭川市は、4月22日、対応を話し合う総合教育会議を開き、当時2019年当時は「イジメはなかった」としていたY中学校の調査結果を見直し、当時「イジメがあったのかどうか」再調査すると決めた。

西川市長は教育長に旭川市教育委員会とY中学校側の対応を改めて調査するよう指示。医師や臨床心理士、弁護士らに委託して、第三者で作るいじめ防止等対策委員会を設置し、調査を開始する方針を示した。

爽彩さんの遺族は市が再調査を決定したことをどのように受け止めているのか。現在の心境を聞いた。

遺族は「再調査に期待する一方で、第三者で作る委員会がどのような調査方法を取るか、不安です」と明かした。

「西川市長が会見をした日の前日に、爽彩の母親は弁護士を通じて、『明日、市が総合教育会議を開き、爽彩さんの問題について何らかの対応をする』ということを聞いていました。実際に、第三者委員会を設置し、再調査を開始すると決まったことは会見当日の夜、テレビのニュースで初めて知りました。市の教育委員会からは翌23日に弁護士を通じて連絡があり、改めて『イジメがあったか調査する』と伝えられたそうです。

ただ、母親が不安に思っているのは、その調査方法です。まだ具体的にどのように調査するかは知らされていませんが、当時の関係者への聞き取り調査が行われるのだとしたら、イジメがあったのは今から2年も前のことです。詳細を加害生徒たちは覚えているのでしょうか。記憶が曖昧になったりして、事実とは違う証言が飛び出し、情報が錯綜してしまうかもしれません。また、都合の悪いことについては、ごまかしたり、黙秘を貫くこともあり得るのではないでしょうか。

第三者委員会の方にむしろ注目してほしいのは、2019年6月から8月にかけて、Y中学校が加害生徒から『イジメの有無』について聞き取った調書です。これはA4用紙30枚ほどからなる冊子にまとまっているはずで、爽彩がわいせつ画像を拡散されたことや、イジメグループに公園で囲まれて、自慰行為を強要されたことについて、加害生徒らが証言した内容が記載されているとされます。

なぜ、その調書の内容について、曖昧な言い方しかできないかというと、これまで母親は学校と教育委員会の双方に対して、この調書の開示請求を3度行ってきましたが、すべて拒否され、我々はその内容を一文字も知ることができなかったからです。

23日に弁護士を通じて説明した教育委員会の方によると、今後実施される第三者委員会の調査については終了後、結果を報告するが、２０１９年の調書の公開については、『今後検討する』というニュアンスでした。しかし、母親は、事件当時に学校がどんな調査を行って、どういった認識のもと、あのように不誠実な態度を取ってきたのかを知りたい。第三者委員会の方には、その点を何よりも重視して調査していただきたく思います。そして、できれば調査終了後に、２０１９年の調書についても我々に公開してほしいと思います」

教頭が写した証拠のＬＩＮＥ画像

遺族によると、２０１９年6月、ウッペツ川への飛び込み事件が起きた翌日、爽彩さんの母親はＹ中学校の教頭から呼び出しを受けた。この時のやり取りも「第三者委員会の調査の判断の決め手」となるのではないかという。

「母親は、事件後、爽彩の携帯電話のＬＩＮＥを確認し、加害生徒にわいせつな画像を送らされたり、脅されていたことを知りました。そのメッセージについて、警察に相談に行こうとしたのですが、その前にＹ中学校の教頭にも『こういうものが見つかった』と報告したのです。教頭からは『イジメの証拠はあるんですか？　あるなら警察へ行く前に見せてください』と言われ、学校のミーティング教室で爽彩がわいせつ行為を強要されているＬＩＮＥの画像を直接見せたそうです。

教頭は『写真を撮らせてください。すべて調査します』と、イジメの証拠となるＬＩＮＥメッセージを1枚1枚、携帯電話のカメラ機能を使って撮っていました。母親はＹ中学校を信頼して警察よりも先に相談したのです。あの証拠のＬＩＮＥ画像をＹ中学校は間違いなく把握していた。それなのになぜ『イジメはない』という結論に至ったのか、真相を必ず明らかにしてほしいです」（同前）

旭川市がイジメの再調査をすると発表した翌日の4月23日、爽彩さんが最期を迎えた公園には生花が供えられていた。親子連れが手を合わせていたほか、ずっとその場を離れず涙する保護者もいた。

正当な調査がなされることを爽彩さんの母親をはじめとする遺族、そして子を持つ多くの保護者が願っている。

8

爽彩さんがネットの友人たちに相談していたこと

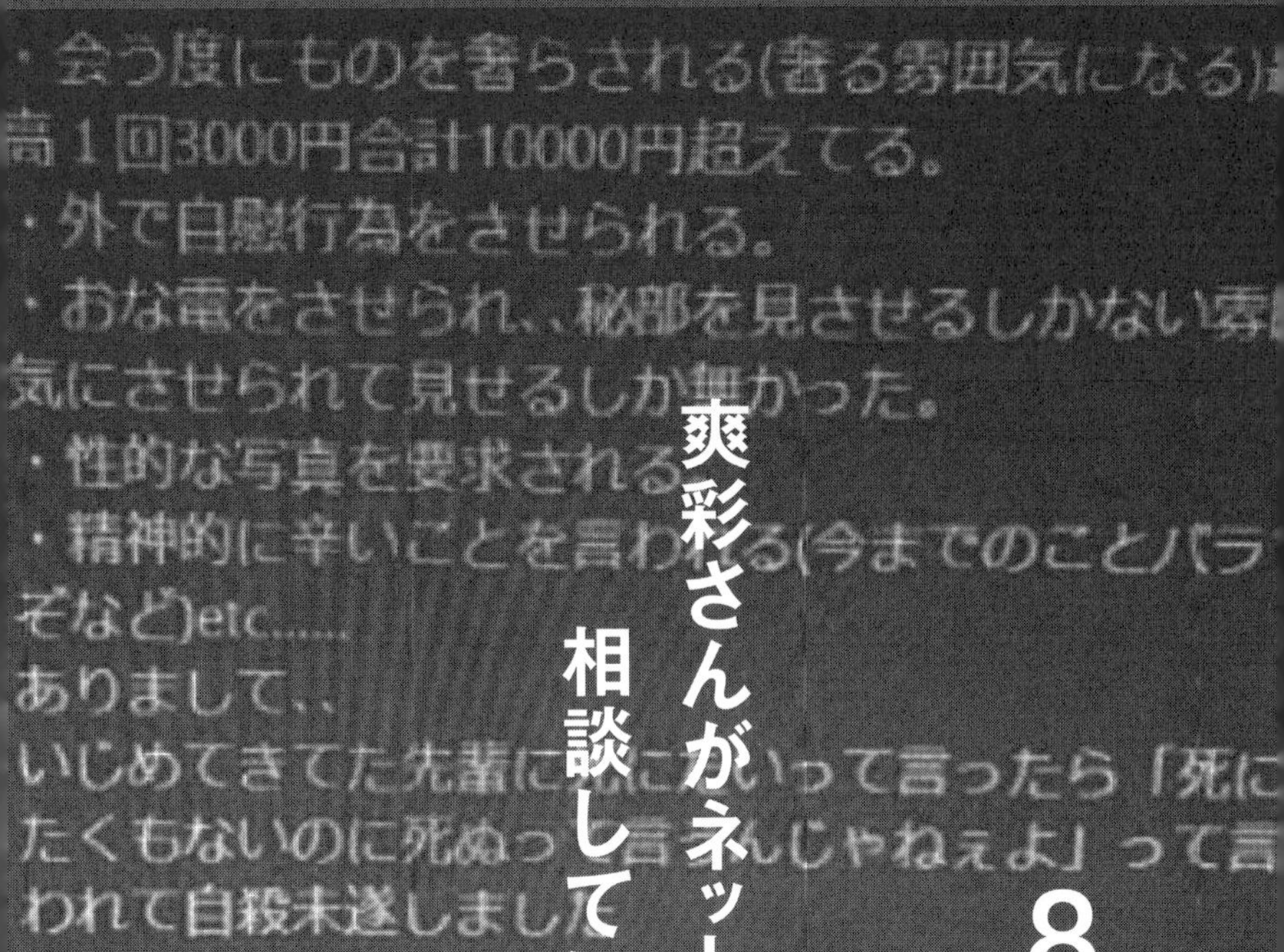

高１回3000円合計10000円超えてる。
・外で自慰行為をさせられる。
気にさせられて見せるしか無かった。
ありまして、、

ネットの友人に送ったイジメについてのメモ

ＰＴＳＤに悩まされていた

亡くなる約１年前、爽彩さんは自分が受けた壮絶なイジメの実態について、ネットで知り合った友人に対して下記のようなメッセージを送っていたことが新たにわかった。「文春オンライン」取材班が独自入手した。その一部を引用する。

《内容を簡単にまとめると

・会う度にものを奢《おご》らされる（奢る雰囲気になる）最高１回３０００円合計１００００円超えてる。

・外で自慰行為をさせられる。

・おな電をさせられ、秘部を見させるしかない雰囲気にさせられて見せるしか無かった。

・性的な写真を要求される。
・精神的に辛いことを言われる（今までのことバラすぞなど）etc……
ありまして、、
いじめてきてた先輩に死にたいって言ったら「死にたくもないのに死ぬって言うんじゃねぇよ」って言われて自殺未遂しました》

この爽彩さんのメッセージは２０２０年2月に書かれたものだ。この時期、彼女は引きこもりがちになり、依然としてイジメによるＰＴＳＤに悩まされていた。

いかに悲惨な性被害に遭ったかについて、彼女自身の言葉で綴られている。こうした言葉を綴るだけでも、当時の場面がフラッシュバックし、辛かったのではないか。

取材班は爽彩さんがイジメを受けた当時通っていたＹ中学校の校長を直撃（6章参照）。校長は「イジメはなかった」「（男子生徒が当時12歳だった爽彩さんに自慰行為を強要して撮影したことが）今回、爽彩さんが亡くなった事と関連があると言いたいんですか？それはわからないんじゃないですか」などと答えた。だが、少なくとも彼女が、自身が受けた行為を「イジメ」だったと認識し、そのトラウマに悩まされていたことは、このメッセージを読めば明らかだ。

爽彩さんは、ウッペツ川に飛び込んだ事件以降、精神的なショックから入院、2019年9月に退院した後はイジメを受けたY中学校からX中学校へ転校することになった。

爽彩さんの親族が語る。

「Y中学の教頭先生は『うちの生徒なので戻ってきてほしい』と学校に復帰するよう爽彩に勧めましたが、わいせつ画像が、どれだけ学校中に拡散されたのかもわからない上に、加害生徒がまた近づいてくる可能性もあった。それで学校に復帰なんてあり得ない。そこでX中学校へ転校することにしました。その際に、自宅も引っ越ししたのですが、場所は以前の学区からはバスで1本では行けない、離れた場所にしました。しかし、それでも爽彩は外に出ることに怯え、新しい学校に行くことも拒んでしまったのです」

爽彩さんは、家に引きこもりがちになり、もともと関心があったネットやゲームに没頭するようになった。学校に通えなくなった爽彩さんにとって、そこだけが、家族以外にありのままの自分を見せることができる〝居場所〟だったようだ。

辛くて思い出すのさえ苦しかったはずの「イジメ」の内容について、あえて伝えたのも、相手が唯一心を開くことができるネットの世界の友人だったからだろう。

爽彩さんはそうしたネットの友人たちに、自身が受けたイジメについて相談をしていた。

そして、再び学校に通えるよう努力し、なんとか明るい未来を見出そうと必死にもがき、苦しんでいた。

事件以降、性格が変わってしまった

「イジメ事件以降、彼女の心はずっと不安定でした。『1年半以上経っても』って思う人もいるかもしれませんが、彼女は『死にたい死にたい』ってよく言って（綴って）ました。ですが、『死にたいと思う分と同じだけ、本当は生きたい』という想いもあったと思います。必死に生きてきたんです。でも、あのイジメが彼女を壊し続けた……」

爽彩さんと、約4年間ネットを通じて連絡を取り合っていた都内在住のGさん（20・男性）は、「文春オンライン」の取材に、がっくりと肩を落とした。

今回、取材班は爽彩さんが自宅に引きこもりがちになってから頻繁に連絡を取り合っていた3人の友人たちに話を聞いた。彼女が2019年4月にイジメを受けてから、2021年2月13日、マイナス17度の極寒の夜に失踪するまでの約670日の間に、一体何が起こっていたのか。それが、彼らの証言によって明らかになった。

Gさんは2019年4月に爽彩さんへのイジメが始まる以前から、爽彩さんとネット上で親交があった。そしてGさん自身もイジメ被害で苦しんだ経験があるという。

「僕は『#コンパス』というオンラインゲームで彼女と知り合いました。チャットやネットの通話機能で、よく彼女と話をしましたよ。イジメの件が起こる前の彼女は、本当によく笑い、テンションが高く、話したがりの子だったのですが、あの事件以降は浮き沈みが激しく些細なことでもドーンって沈むようになってしまいました。例えば、ゲームで少しミスしただけでも『私はダメな子だ』と塞ぎこんでしまう。もともとネガティブな部分はあったけど、明らかに性格が変わってしまったんです」

Gさんは爽彩さんが地元の公園でイジメグループに囲まれ、自慰行為を強要されたことについても爽彩さんから知らされていた。さらに2019年6月に、ウッペツ川に飛び込む事件を起こした後にも相談があったという。

「事件からそれほど経っていなかったと思います。彼女から連絡がありました。最初の頃は自分の中でも何があったか整理がついていないようでした。『こんなことや、あんなことをされた』って話したのですが、イジメた相手を悪く言うのではなく、『自分が悪いから』って。とても優しい子なんです。

彼女が受けたイジメの詳細を僕に打ち明けてくれた時も『ごめん、嫌な気持ちにさせちゃったよね』って、逆に僕を気遣ってくれた。誰かの悪口を言う子ではなかったです。彼女のお母さんについても『お母さんはできることは全部やってくれている』と感謝していました」

電話中に急に塞ぎこんでしまう

2019年9月にX中学校へ転校した後、別のネットゲーム上で爽彩さんが出会ったのが、Gさんの友人で、2021年に大学1年生になった関東在住のHさん（18・男性）だ。Hさんが語る。

「彼女は家族と一緒に外食をした話をするときが、一番声も明るく、楽しそうにしていました。ただ、ゲームのチャット機能で話をしていても、過去の記憶がフラッシュバックするのか、気分の浮き沈みが激しく、昨年の夏頃が一番荒れていましたね。ごくまれに体調がよい時は、自宅を出て、公園などの外からネット回線をつないで、僕らと通話することもあったのですが、ほとんどが自宅からの通話でした。話をしていても、急に塞ぎこんでしまい、いきなり電話を切られることも何度もあった。『死にたい』という言葉は、多いときで2日に1度は聞いていました。浮き沈みが激しいことから、ネットでの人間関係について悩むこともあったみたいです。

どこまで本気だったかわからないですけど、僕のことを『好きだ』とも言ってくれました。彼女は色々自分のことを話してくれましたけど、自身が受けたイジメのことだけは決して僕には語ろうとしませんでした。でも、何かの話をしていると突然、『私は汚れているから』と自分を卑下して壁をつくってしまうことがあって。頻繁にネット上では話をしていましたが、現実では一度も彼女とは会ったことがありませんでした」

失踪直前のメッセージ

爽彩さんはHさんに何度か絵も送っている。爽彩さんはもともと絵を描くのが好きで、イジメを受ける前から頻繁に絵を描いてきた。イジメがあってからはそれまでの明るいタッチはなくなり、暗い色彩とモチーフの絵を描くことが多くなった。しかし、Hさんへ送った絵の中には、昔の絵のような、明るく華やかなものもあった。

「彼女は、絵を描く際は自然に手が動くと話していました。彼女は凄く賢くて、何もなければきっと勉強はできたし、高校は進学校に行けただろうと思います。でも、PTSDのため、学校に行けなかった。出席数が少ないと学校の内申点に響くそうで、そのことについてとても悩んでいました。将来は絵が好きだから、絵に関わる仕事か、そうでなくとも人が

喜んでくれることを仕事にしたいとも話していました」（Hさん）

将来への希望も口にしていた爽彩さんは、２０２０年末ごろからプログラミングに興味を持ち始めた。ネットを使って、コンピューターのプログラミングを教えていた首都圏在住のＩさん（30代・男性）にもコンタクトを取り、熱心に勉強していたという。

Ｉさんは２０２１年の２月13日、爽彩さんが失踪する日の前日まで連絡を取り合っていた。Ｉさんが語る。

「（失踪前日の）２月12日はいつもと同じようにプログラミングの授業をオープンチャンネルで行っていました。彼女に変わった様子はなかったですね。ただ、知り合った当時から情緒がかなり不安定で、今思えばフラッシュバックみたいなことが起きたことが何度かありました。そういうときは授業にならないくらい急に落ちこんでしまうんですね。それが彼女のサインだったのかもしれない」

爽彩さんが家を飛び出し、失踪した日、爽彩さんはＨさんに午前中から失踪直前に至るまでＬＩＮＥメッセージを何度も送った。「午前中までは何気ない、いつものテンションだった」とＨさんは語る。

以下は失踪当日、Ｈさんに爽彩さんから送られてきたメッセージの抜粋だ。

《おはよ》（9時10分）

《テンションあげるの難しいですね》（9時10分）

《おべんきょ頑張れ》（13時49分）

この日、Hさんは大学受験の当日だったため、返信をできずにいた。爽彩さんの糸が切れたのは、その日の夕方のことだった。

《ねえ》（17時26分）

《きめた》（17時26分）

《今日死のうと思う》（17時26分）

《今まで怖くてさ》（17時28分）

《何も出来なかった》（17時28分）

《ごめんね》（17時28分）

《既読つけてくれてありがとう》（17時34分）

同様のLINEを、Hさん以外の他の友人数名にも送り、爽彩さんはスマートフォンの電源を切った。後にHさんが返信をしたものの、そのメッセージに「既読」のマークがつくことはなかった。

彼女の遺体が発見されたのは、それから38日経った3月23日のことである。前出のGさんは「彼女はずっと苦しんで耐えてきたんです」と、絞り出すように答えるのみだった。

ねぇ
17:26
きめた
17:26
今日死のうと思う
17:26
今まで怖くてさ
17:28
何も出来なかった
17:28
ごめんね
17:28
既読つけてくれてありがとう
17:34

失踪した日のメッセージ

9
大荒れとなった保護者説明会

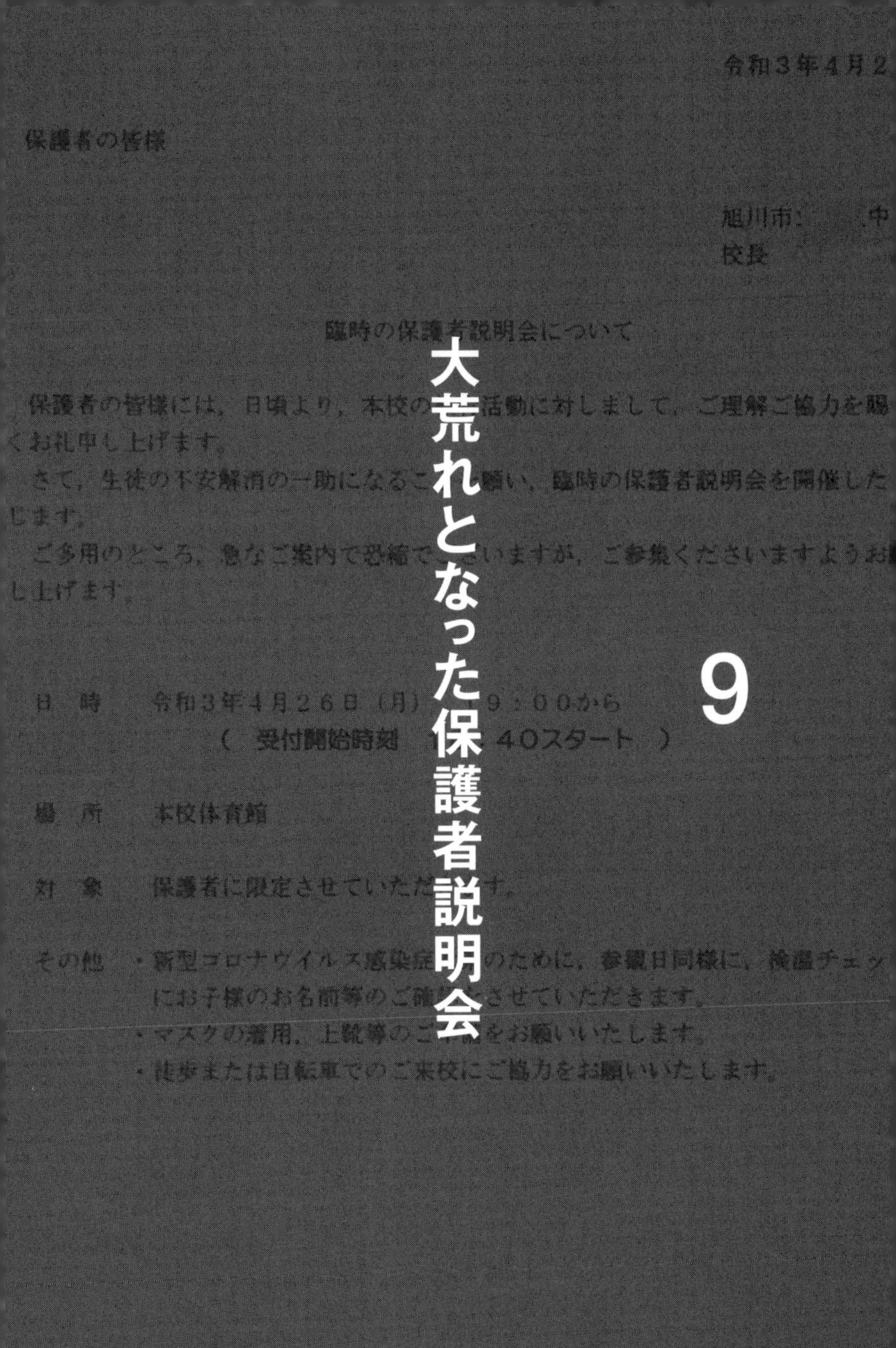

令和３年４月２

保護者の皆様

旭川市　　中
校長

臨時の保護者説明会について

保護者の皆様には、日頃より、本校の　活動に対しまして、ご理解ご協力を賜
くお礼申し上げます。
さて、生徒の不安解消の一助になるこ　願い、臨時の保護者説明会を開催した
します。
ご多用のところ、急なご案内で恐縮で　さいますが、ご参集くださいますようお
し上げます。

日　時　令和３年４月２６日（月）　１９：００から
（　受付開始時刻　１　４０スタート　）

場　所　本校体育館

対　象　保護者に限定させていただ　す。

その他　・新型コロナウイルス感染症　のために、参観日同様に、検温チェッ
にお子様のお名前等のご確　させていただきます。
・マスクの着用、上靴等のご　をお願いいたします。
・徒歩または自転車でのご来校にご協力をお願いいたします。

Y中学の保護者会の案内

文科相が事件に言及

旭川14歳少女イジメ凍死事件がついに国会審議の俎上《そじょう》に載せられた。２０２１年４月26日、萩生田《はぎうだ》光一文科大臣は音喜多《おときた》駿《しゅん》参議院議員の質問にこう答えた。

「本事案については、文科省として４月23日に旭川市教育委員会及び北海道教育委員会に対し、事実関係等の確認を行い、遺族に寄り添った対応を行うことなど指導、助言を行った」

爽彩さんが通っていたY中学校では、これまで「イジメはなかった」としていたが、文春オンラインの報道を受けて22日には旭川市がイジメの再調査に乗り出すことを公表。だが、冒頭の発言の後、萩生田大臣はさらに、

「文科省としても必要な指導、助言を行っていくことが重要であると考えており、今後なかなか事案が進まないということであれば、文科省の職員を現地に派遣する。或いは私を含めた政務三役が現場に入って直接お話しする。ただ、一義的には少し時間がかかりすぎじゃないかと」

と述べ、旭川市の対応に釘をさした。旭川市の再調査の発表を踏まえた上で、その調査に迅速な対応が取られない場合は、本省の職員或いは政務三役を直接現地に派遣する可能性に言及したわけだが、これは「イジメ対応としては、かなり踏み込んだ発言」(全国紙政治部デスク)と見られている。

しかし、その一方で、渦中の旭川市の教育現場では、いまだに煮え切らない対応が続いている。取材班は4月26日、萩生田大臣の答弁が行われた同日の夜に臨時に開催されたY中学校の保護者説明会の様子を取材。保護者説明会では、学校側は相変わらずの隠蔽体質を貫き、イジメの実態については何も明らかにしなかった。保護者たちは反発し、怒号が飛び交う「大荒れ」の展開となった。

厳戒態勢のＹ中学校

「文春オンラインの報道が出てから学校には問い合わせの電話が殺到。取材活動も過熱し、地元メディアがＹ中学校の生徒に直接コンタクトしようと声がけをするなど保護者から不安の声が上がっていました。学校側が自主的に説明の場を設けたというより、開かざるを得なかったというのが本当のところです」（Ｙ中学校関係者）

19時から校内の体育館で行われた保護者会では厳戒態勢が敷かれた。体育館の入り口では教員らが在校生名簿と保護者の名前を照合し、部外者を完全にシャットアウト。不測の事態に備えて、パトカー数台が警戒に当たるなど、学校周辺には異様な雰囲気が漂っていた。

平日の夜にもかかわらず、体育館には１００名ほどの保護者が詰めかけた。取材班は出席した複数の保護者から現場の様子を聞き取った。

パイプ椅子に座った保護者の前に校長と教頭が立ち、体育館の横の壁に沿ってＰＴＡ会長、教育委員会のカウンセラー、爽彩さんの当時の担任教師を含めた各学年の教員20名ほどが直立不動の姿勢で並んでいたという。

19時、開始の時刻を過ぎると、重々しい空気の中、校長がまずマイクを取り、深々と頭を下げ、爽彩さんに向けたお悔やみの言葉を口にした。なお、この校長は２０２０年4月にY中学校に赴任したばかり。爽彩さんがイジメを受けた２０１９年は市内の別の中学校に在籍していた。校長はこう述べた。

「本校の対応に対するご意見やご指摘が続いており、生徒や保護者の皆様にはご不安な想いやご心配をおかけしております。そのような中、生徒の不安解消や、安心安全を確保するために、その一助になることを願い、本会を開催させていただきました」

校長は何度も頭を下げ、今後の措置として、在校生の心のケアのために個別面談を実施することや教育委員会からスクールカウンセラーを招聘《しょうへい》することなどを説明したという。

続いて、ウッペツ川飛び込み事件の後から、爽彩さんの家族への対応窓口となった教頭と、当時の担任教師が、揃って同様の言葉を述べた。

「本校に在籍していた生徒が亡くなったことに関しまして、心から残念であり、言葉になりません。ご冥福をお祈り申し上げます。また、ご遺族の方にはお悔やみを申し上げます。本校生徒の保護者の皆さんにご心配、ご不安な想いをさせておりますことに、お詫び申し上げます。報道に関する部分につきましては、今後予定させていただいている第三者委員会において、誠心誠意対応させていただきます。今、私ができることですが、保護者の皆様にできることに一生懸命努力していきたいと考えています。宜しくお願い致します」

「担任を代えてください」

その後、20分ほどで学校側の説明は終わり、次に保護者による質疑応答の時間となった。最初にマイクを持ったのは同校に3年生の子どもを通わせている母親だった。この子どものクラス担任を今務めているのは、爽彩さんの母親がイジメの相談をしてもまともに取り合わなかった当時の担任教師である。

質問した母親は「亡くなった子の担任だった先生に何を子どもは相談するのか？ 担任を代えてください」と訴え、涙で声を震わせた。また、別の保護者は、こう述べて当時の担任教師を批判した。

「担任の先生が（爽彩さんの母親からイジメの）相談を受けたときに『今日わたしデートですから、明日にしてもらえませんか』って言ったというのが報道で出ていますよね。小耳に挟んだ話ですけど、先生がお友達にＬＩＮＥで『今日親から相談されたけど彼氏とデートだから断った』って送ったっていう話をちらっと聞いたんですよ。本当に腹が立ちました。

そういうことも言ったかどうか全部はっきりしてほしいです」

当時の担任教師は前に立っていた同僚の後ろに隠れるようにして、下を向くだけで、一言も答えない。代わりに校長が「いまの質問にここで即答はできない。申し訳ございません。検討します」と答えた。

爽彩さんが加害生徒から受けた凄惨なイジメの実態を報じた文春オンラインの記事について、その真偽を問う質問も集中した。

「報道されていることは事実なんですか？　過剰なんでしょうか？　子どもに『お母さん私どうしたらいいの？』と言われて正直悩みました。先生方は命の大切さとおっしゃっていましたが、言葉の重みというものも子どもたちに伝えてほしいです。報道されている先生が発した言葉が本当であれば、ふざけんなって思います。今回報道されなかったら誰も何もしなかったのか」（在校生の母親）

校長はこう答えた。

「言葉の重みというものにつきましては、本当に重く受け止めて参りたいと思っております。今回の報道に関わる部分ですけれども、当時の学校の対応に関わる部分の中で、食い違っている部分もあります。その部分も含めて、この後の第三者による調査の中でしっかりと検証されていくと思っております」

子どもたちにどう説明すればいい？

爽彩さんが受けたイジメの事実について、これまでＹ中学校は保護者、在校生らに詳しい説明をしてこなかった。ネットで事件を知った子どもから事件について聞かされた保護者たちは混乱していた。質疑応答は白熱していった。

「今回の件について、生徒たちには学校からどのように説明しているのでしょうか。子どもに質問された時に私たち親は何て答えればいいんでしょうか、教えてください！」（在校生の母親）

「今回の件につきましては、先ほども申し上げましたように、今後第三者による調査によりまして学校の対応を含めて色々な面が明らかになったら、今後学校としてどういう風にして（それを）受け止めて、指導に活かして（いけるかを考えて）いかなければならない。そのことをしっかりと受け止めて参りたいと思っております」（校長）

「スマホ、タブレット、パソコンでどんどん情報が入ってきて、子どもたちは私が教えなくてもネットを見て知っていくという状態です。学校側は今日この説明会があるまで子どもたちに

対して何の説明をして、どういう対応をしたんですか？」（3年生の母親）
「この事案に関わるお話は公表できない事になっておりますので、お話はしておりません。学校が行っている対応は、警察と連携しながら登下校の時に巡回をしていただくとかですね、安全安心に関わる部分の対応を行ってきているところであります」（校長）
実はこの日の朝、何者かが市役所に「Y中学校を爆破する」と脅迫電話をかけてきたという。そのため、市は警察と相談し、学校周辺をパトカー数台が一日中警戒に当たるなど、終日緊張感に包まれていた。保護者からはこの点についても不安の声が出た。
「今日、爆破予告が入っていたというのは本当ですか？」（1年生の母親）
「今お話にありました爆破予告と言いますか、そういうような愉快犯は、市役所の方にそういう情報が入っていたということは聞いております」（校長）
「私は不安を抱えたまま子どもを送り出しましたし、学校に行った子どもも不安だったと思います。そういう（爆破予告の）事実があったら、まず（爆発物が校内にないか）確認して大丈夫なのか、少し登校時間をずらすとかできないのか、せっかくメールを登録しているのでご連絡いただきたいです」（1年生の母親）
「わかりました。警察、教育委員会と連携してですね、施設も一度全部点検していただい

て、安心だということでこのまま対応させていただいております」（校長）

飛び交う怒号

いつしか会場には怒号が飛び交うようになっていたという。学校側の煮え切らない態度に怒り、途中退席する保護者も大勢出るなど、保護者会は大荒れとなった。保護者の非難の矛先はイジメ問題の当事者でありながら、今回の保護者会には姿を現さなかった前校長や当時対応に当たった現教頭に向けられた。

「2年前にいた校長先生は、今日この場にいらしてないんですか？　なぜですか？」（1年生の母親）

「来ておりません。お気持ちはよくわかるんですけども、いま本校の職員でないので、そのような状況にはならなかったです。大変申し訳ございません」（校長）

「最初に、報道に対しての説明をするという話で開始しましたよね。ＳＮＳでの誹謗中傷、（子どもは）当然みんなＳＮＳや報道も見ている。文春オンラインの記事の内容を見て僕は涙が出た。この学校に子どもを通わす親として、本当に大丈夫なのかと。それに事件に関して何の説明もない。『第三者委員会』を繰り返して、あのおぞましい行為をイジメじゃなかったと判断している学校。この中途半端な説明会でどれだけみんなが納得すると思いますか。そしてやるからにはきちんと記者会見して、イジメはなかったと言えるくらい胸張っていてくださいよ。教頭先生、生徒のスマホ画面をカメラで撮ったそうじゃないですか。これも第三者委員会じゃなくては分からないことなんでしょうか」（在校生の父親）

「………」（教頭）

「今あったお話にこの場でお答えできないことが本当に心苦しいですけども、私どももお話しできない状況になっておりますので本当に申し訳ございません」（校長）

「教頭先生にお話はしていただけないのでしょうか？」（在校生の母親）

するど、教頭はこう答えた。

「私の方からお話しできることは、第三者委員会の調査の中では、私の知っていることはすべて誠実にお伝えさせていただきたいと思っております。1つだけ、今回の報道等に関することは、個別の案件に関わることですのでお答えすることができませんが、私自身は法に反することはしていないということはお伝えさせていただきたいと思います。このあと捜査を受けることになるか分かりませんけども、しっかりと対応していきたいと思っております。現段階では私のお話は以上です」（教頭）

「何のための保護者会だったか」

1時間30分にわたって行われた保護者会は20時30分に終了。20名の保護者から学校側に厳しい意見が突き付けられたが、学校は「第三者委員会の調査」を理由にほとんどの回答を拒否。保護者からは「何のための保護者会だったのか」「全く意味がなかった」などの声が漏れたという。

事件当時を知らない校長は何度も陳謝し、保護者に頭を下げたが、爽彩さんや母親が必死に助けを求めた教頭、担任教師は一度も頭を下げることはなかったという。

爽彩さんの遺族は、文春オンラインの取材に対して以下のコメントを寄せた。

「事前に連絡はなく、説明会のことは知りませんでした。どんな説明会だったのかはわかりませんが、ほかの関係のない子どもたちが巻き込まれてしまっているのは、とても辛いです。学校に対しては、イジメと向き合って、第三者委員会の調査に誠実に向き合っていただきたいです」

保護者会の翌日の4月27日、旭川市教育委員会は定例会議で「女子生徒がイジメにより重大な被害を受けた疑いがある」と、いじめ防止対策推進法上の「重大事態」に認定。5月にも第三者委員会による本格的な調査を始めると発表した。

10

拡散するデマ、逮捕者も出た迷惑ユーチューバー

ネットの友人に送った絵

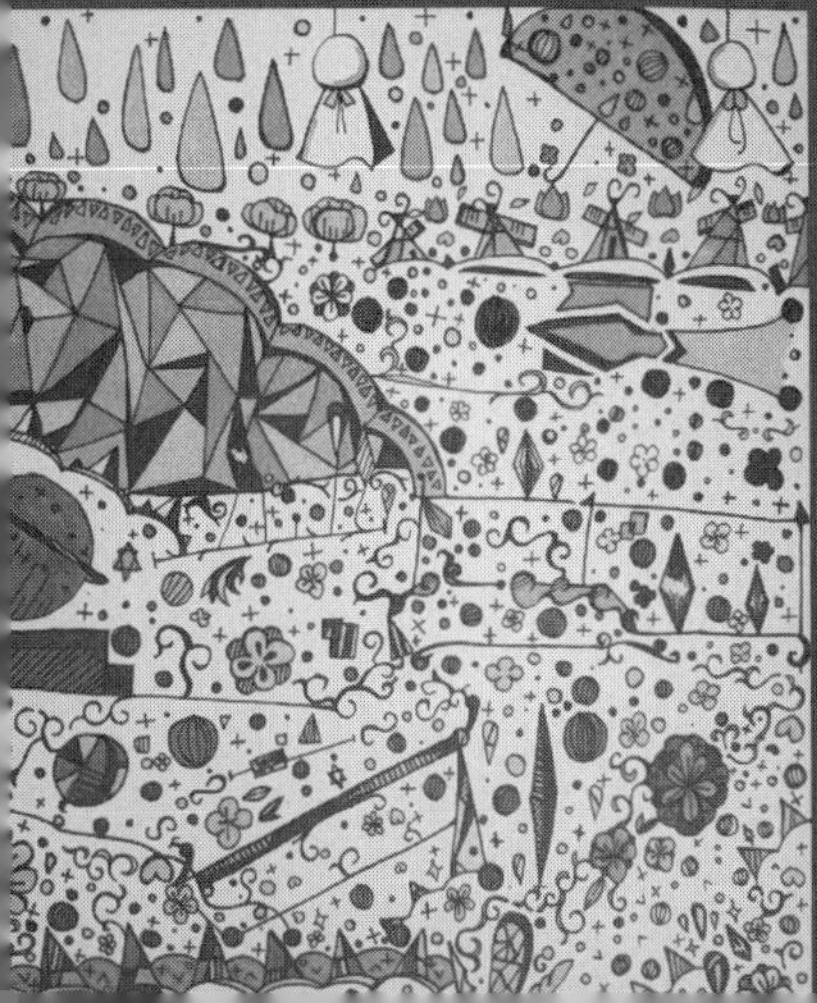

関係ない人物の実名や住所が

「旭川市がこんなに早く、爽彩がイジメを受けていたかどうかを再調査すると決めたのは、（文春オンラインの）記事が出てからのネットの反響がとても大きく、多くの抗議の声が上がったからだと思います。そうした声が上がったのは本当にありがたいのですが、一方で、行きすぎた言動がいまネットを中心にあふれており、異常だと思うことがあります。正直、少し冷静になっていただけたらと思う部分もあります」（爽彩さんの遺族の支援者）

２０２１年4月27日、旭川市教育委員会が定例会議で「女子生徒がイジメにより重大な被害を受けた疑いがある」と指摘。いじめ防止対策推進法上の「重大事態」に当たると認定し、5月にも第三者委員会による本格的な調査を始めると発表した。

爽彩さんが受けた「イジメ」の全容解明に向けて、少しずつ動き出した一方で、日に日に〝過激さ〟を増しているのがネット空間だ。ある匿名掲示板では、イジメを行った加害者グループメンバーの実名や住所の割り出しが盛んに行われ、事件とは全く関係のない人物の実名や住所までも晒されている。さらに複数のユーチューバーが旭川に現地入りし、市民への迷惑行為が横行した結果、ついに逮捕者が出る騒ぎにまでなった。こうした騒動が頻発していることに対して、爽彩さんが生前通ったY中学校の生徒や保護者、そして爽彩さんの遺族らから戸惑いの声が出ている。

4月26日、旭川中央警察署は神奈川県相模原市に住む自称ユーチューバーOを強要未遂の疑いで逮捕した。Oは爽彩さんの知人女性に対して、SNSを通じ、無理矢理話を聞こうとした疑いが持たれている。

「北海道警によると、Oは『話を伺わせてもらえませんか』『今以上の炎上騒ぎになると思います』と爽彩さんの知人女性にSNSで発信した。『話をしなければ、今以上の炎上騒ぎになる』と迫った点が強要行為に当たると判断されました。さらにOは、爽彩さんの知人に対する付きまとい行為も激しく、裏取りもしっかりとできていないうちに、相手の顔写真や住所までいきなりSNSで公開したり、実際に相手の職場を訪れ、〝直撃〟を行ってい

ました。こうした行為を問題視した警察はOを逮捕前からマークしていた」（地元メディア記者）

Oの迷惑行為は、旭川に入ってから加速し、遺族や事件に関係ない人をも巻き込んでいった。23日深夜、自身のユーチューブにあげた動画では、

「俺は慎重に調べている」

「デマの情報に気をつけている」

「被害者遺族のもとへ行くつもりはない」

「すべてを晒す」

など、自信満々に活動を報告していた。

この際に「被害者遺族のもとへ行くつもりはない」と語っていたが、4月25日、爽彩さんの母親の自宅にも訪れた。インターフォンのカメラには、青髪にゼブラ柄の毛皮コートを着たOの姿が記録されていた。

息子を「事件の主犯」と晒された

旭川市内で、自動車店「GARAGE VOX」を営む宮川匠さん（48）一家はネットであ

らぬ疑いをかけられ、Oから電話で〝直撃〟を受けた。宮川さんの息子は爽彩さんをイジメた加害生徒であるC男が通ったZ中学校の卒業生だ。今回のイジメ事件の報道があってから、どういうわけか宮川さんの息子は加害者グループの一員だったと「断定」され、家族全員の実名や自宅の住所まで晒され、犯罪者集団のような扱いを受けた。

しかし、宮川さんの息子は加害生徒のグループとは学年も違い、爽彩さんと関わりがないことは、爽彩さんの遺族も断言している。宮川さんが語る。

「うちは21年間、地道に真面目に商売をしてきました。それなのに暴力団と関わりがあるようにネットで騒がれ、Oにそうした間違った情報を拡散されてしまったため、仕事にも影響が出ています。Oは先週末、突然店に電話をかけてきました。そして、私の息子をイジメの加害者扱いした上で、『取材させてくれ』と迫ってきました。『うちは関係ないので（家に）来ないでくれ』『そんなに話をしたいなら第三者がいる警察の前で話をしよう』と伝えると、そこで電話は切れました。

Oは結局、店にはやってきませんでしたが、自身のツイッターで一方的に店の写真を公開すると、息子の顔写真が晒されました。息子は『事件の主犯』扱いされ、『さすがにこれは酷い』と電話で伝えたら、ツイッター上から息子の顔写真は削除されました。

ですが、既にOの投稿した息子の写真や名前がネット掲示板や別のユーチューバーによって次々と拡散されてしまいました。今でも毎日のように嫌がらせの電話が店にかかってきます。見慣れない、地方ナンバーの車が店の前をウロウロするようにもなりました」

「主犯扱い」されてしまった宮川さんの息子も肩を落とす。

「事件とは全く関係ない僕の友人までネットで晒されていて、犯人扱いをされています。僕は事件があった公園がどこであるかすら知らないし、爽彩さんの顔も知りません。そもそも（爽彩さんがイジメを受けた際に在籍していた）Y中学の人間との関わりもなかった」

取材班が宮川さんに話を聞いている間にも、宮川さんの店にイタズラ電話がかかってきた。

「また……来ました」

宮川さんが重い腰を上げて、受話器を取ると、電話の向こうからはあざ笑うような声が聞こえてきた。

「多くの書き込みは既に削除され、O本人からの謝罪は一応ありましたが、あとの祭りです。謝って消せばいいという問題じゃない」

宮川さんは深いため息をついた。

犯人グループの一人と名指し

ネットに実名を晒された無関係な生徒は、宮川さんの息子だけではない。事件当時、Y中学校に通い、爽彩さんがY中学校から転校した後も、彼女を支えた数少ない友人であるF男さんも、ネット上では、「犯人グループ」の一人として名指しされている。F男さんの実名が広く晒されてしまったのは、ある人気ユーチューバーの生配信中に飛び込みで電話出演した「Y中学校の同級生」を名乗る人物の発言がきっかけだった。この人物が、F男さんが「犯人グループの一人」であると〝匂わせた〟ことから、ネット上で一気に実名が拡散してしまったのだ。

F男さんは疲れた表情を見せながら、話をしてくれた。

「僕は、2019年4月、爽彩さんがY中学校に入学した当初に、彼女と親しくさせてもらっていました。その際に、爽彩さんに対してトラブルを起こしてしまったことがあります。そのことについては、爽彩さんから後日許してもらい、爽彩さんのお母さんにも説明して、理解してもらっています。

僕は爽彩さんのイジメ事件には一切関わっていません。むしろ僕もイジメグループのある人物からパシリまがいなことをさせられていた時期がありました。イジメのことがあって、爽彩さんがX中学校に転校してからも、時々、手紙のやり取りをして、互いに励まし合っていたんです。

ただ、爽彩さんと僕との関係性を知らないY中学校の同級生からは、トラブルを起こした僕は犯人グループと一緒に見えたのかもしれません。爽彩さんがウッペツ川に飛び込んだときも、学校や警察に呼ばれて事情を聞かれました。9月にY中学校で開かれた謝罪の会にも呼ばれています。でも、僕はあの現場にはいなかったし、一切関わりはありませんでした。

爽彩さんが受けた酷い出来事について、僕はむやみに広めたくなかったので、爽彩さんのことはこれまであまり語らずにいました。ですが、イジメ事件について報道があってから、真相を知らない同級生が、ネットの人たちに乗せられて憶測で言いたいことを話すのには耐えられない。実名を出され、犯人扱いされるのはさすがに辛いです」

亡くなる2カ月前にF男さんのもとへ送られてきた爽彩さんからの手紙には、F男さんへの感謝の言葉とともに絵が描かれている。F男さんがイジメ事件には関わっていないことは先ほどの宮川さん同様、爽彩さんの遺族が断言した。そして、遺族はこう続けた。

「Ｆ男君が爽彩にしたことは、正直親族としては理解しがたいところもありますが、イジメとは別のことだったと思っています。ただ、Ｆ男君が何をしたかについては爽彩も最後まで深くは語りたがろうとはしませんでした。２０１９年6月に爽彩が入院した時には、Ｆ男君から爽彩の母の代理人弁護士のもとに手紙が届き、一度弁護士が中身を確認した上で爽彩にその手紙が手渡されました。爽彩はその手紙に返事を書いていました。その後、何度か手紙のやり取りをしたときに爽彩が『Ｆ男先輩は心配してくれているから、落ち着いたら、またＦ男先輩に会える？』と聞かれて、母親は『弁護士先生もいいって言ってたんだからいいんじゃないの』と伝えたそうです。すると爽彩は『Ｆ男先輩に会いに行きたいな。そのときはママ、送ってくれる？』と返したそうです。母親は爽彩はＦ男を恨んでない、許したんだなと思ったそうです」

リツイートだけでも

現在Ｆ男さんは、ノイローゼ気味となり、連日不眠に悩まされている。宮川さんやＦ男さんは既に警察や弁護士に相談しており、被害届を出すことを考えている。

元埼玉県警刑事部捜査第一課所属で、デジタル捜査班班長を務めた佐々木成三氏が解説する。

「事件とは無関係であるにもかかわらず、実名や顔写真などの個人情報を流した場合は、名誉毀損罪及び侮辱罪に問われる可能性があります。また（宮川さんのように）、店舗に繰り返し何度もイタズラ電話がかかってくるケースでは業務妨害罪にも該当する。間違った情報であっても、どんどん拡散されてしまうのはツイッターなどの特性ですが、そうした『名誉毀損』の書き込みをリツイートしただけでも、民事裁判を起こされた場合は、損害賠償の対象になり得ます。また、嫌がらせをする目的で待ち伏せをしたり、つきまとう行為は迷惑防止条例違反に該当します。ただ、現在ネットで横行している〝晒し行為〟の一番怖い点は、それが名誉毀損に当たることを拡散している当人が分かっていないこと。つまり当人に違法性の認識が低いことですね」

今回、取材に応じた宮川さんやF男さんの他にもあらぬ疑いをかけられ、犯人グループの一員として実名や写真をネット上に晒された無関係の生徒は複数存在する。爽彩さんの親族が胸の内を吐露した。

「事件を知ってくださった方々が爽彩のことを考えてくださるのは本当にありがたいです。ですが、今はこれから始まる第三者委員会の調査の結果を信じて待ちたいと思います。ネットリンチもまた、形を変えたイジメであり、我々は望んでいません。事件と関係のない方までもがネット上に晒されてしまう現状に胸が苦しくなります」

亡くなる直前、ネットが家庭以外の唯一の居場所だった爽彩さん。事件に無関係な生徒たちはもちろんだが、加害者や家族がネットを通して〝晒される〟ことで新たな「被害」が生まれてしまうことは彼女も決して望まないだろう。

旭川市教育委員会

11

第三者委員会のメンバー候補への疑問

「著しく公平さを欠く人選」

「文春オンライン」は、教育委員会が選定した第三者委員会のメンバー候補のリストを独自入手した。同リストには、爽彩さんがイジメを受けていた時に在籍していた、Y中学校の校長と近しい立場の人物が含まれていた。この人選に遺族側は猛反発している。

市の教育委員会は、2021年4月末に爽彩さんの事件をイジメがあった疑いがある「重大事態」と認定。第三者委員会による全容の解明に期待が高まりつつあった。

だが、遺族側は市教委から提示された第三者委員会のメンバーの人選について不信感を募らせているという。旭川市役所関係者が打ち明ける。

「市の教育委員会は5月中旬に第三者委員会のメンバーを決定して、年内には調査結果を公表する予定でしたが、大幅に遅れる可能性が高くなりました。第三者委員会のメンバーは大学院教授を中心に臨床心理士、小児科医、社会福祉士の4名で組織する予定でしたが、事前に遺族側にその人選を伝えたところ、遺族側は大学院教授と臨床心理士が第三者委員会のメンバーに入ることに強く反対したのです」

遺族側がこの2人のメンバー入りを問題視したのは、彼らが完全な「第三者」とは言えないからだ。

まず、臨床心理士のJ氏については、2019年6月に爽彩さんがウッペツ川へ飛び込んだ事件直後に搬送された旭川市内にある病院の臨床心理士でもある。

「遺族側は、J氏は、爽彩さんを診断した医師とは別ではあるものの、同じ病院の勤務であることから、第三者の立場で調査に当たることは難しいのではないかと疑問を呈したようです」(前出の旭川市役所関係者)

さらに遺族側が「著しく公平さを欠く人選」として異議を唱えたのが、大学院教授K氏が候補者リストに入っていたことだった。K氏は第三者委員会の取りまとめ役を担う予定とされていた。

「K氏は過去に旭川市内の小学校の校長を務めたことがある人物です。校長退任後は、北海道教育庁で長年、イジメ問題や自殺、生徒指導などに携わってきました。しかし、2019年当時、爽彩さんが凄惨なイジメを受けていたにもかかわらず『イジメとして認識はしていない』と判断し、保護者会に弁護士の同席を求めた被害者側の要望を拒絶したY中学校校長とK氏は、北海道教育大学旭川校の同窓生でもあります。

旭川市内の学校の元校長という同じ立場を経験しており、さらに北海道教育大学旭川校の同窓生という間柄で、果たして中立の立場で調査が行えるのか。こうした疑念を遺族側は強く持ったのです」(同前)

旭川市内の中学校に勤務する現役の教員はこう指摘する。

「旭川市の教員の半数以上は、Y中学の当時の校長とK氏が卒業した北海道教育大学旭川校の出身といえます。同大学のOB会は市内の小中学校の人事を牛耳っている最大派閥です。派閥内の繋がりや結束は強く、同じ派閥内の人物が第三者委員会に入った場合、何らかの忖度《そんたく》が働かない調査などできるはずがありません。私がこれまで勤務したことのある学校の校長の8割が北海道教育大学旭川校出身でした。管理職を目指す教員や出世願望のある教員は先輩OBの言うなりで、逆らうことなど一切できる環境ではありません」

爽彩さんの遺族に「第三者委員会」の人選案について聞くと、憤りを隠さずにこう語った。

「J氏とK氏が第三者委員会のメンバーに入ることを拒否したことは事実です。同じ旭川市内の教員経験者で、大学も同じ同窓生という間柄では、偏ったり、かばったりする可能性もあり、適切な調査が行えるかどうか疑問を感じました。平等で公平で利害関係のない人を選出しなくてはならない第三者委員会なのに、この人選には違和感しかありませんでした。旭川市が要請するメンバーだけでなく、1人でもいいので遺族側が希望する人を第三者委員会に入れていただきたいです。第三者委員会には、どちらかに偏ることなく、適切な調査を行っていただけることを信じて待ちたいと思っています」

旭川市教育委員会に第三者委員会の人選案について問い合わせると、以下の回答があった。

「今回の第三者委員会のメンバーは、この事案のために新たに人選したものではなく、以前から設置していた委員会のメンバーを提示したものでした。国のガイドラインでも、本件に関わる調査においては事案の関係者等、直接人間関係を有する者についてはよくないというのは理解しているので、ご指摘のあった2名については、この調査には関わらないことにしております。現在、第三者委員会は4人ですが、今回の事案に関しては早急に迅速に進めなければならないということもあり、人数を増やすことも考えていて人選中です」

12

市議会で相次いだ事件への質問

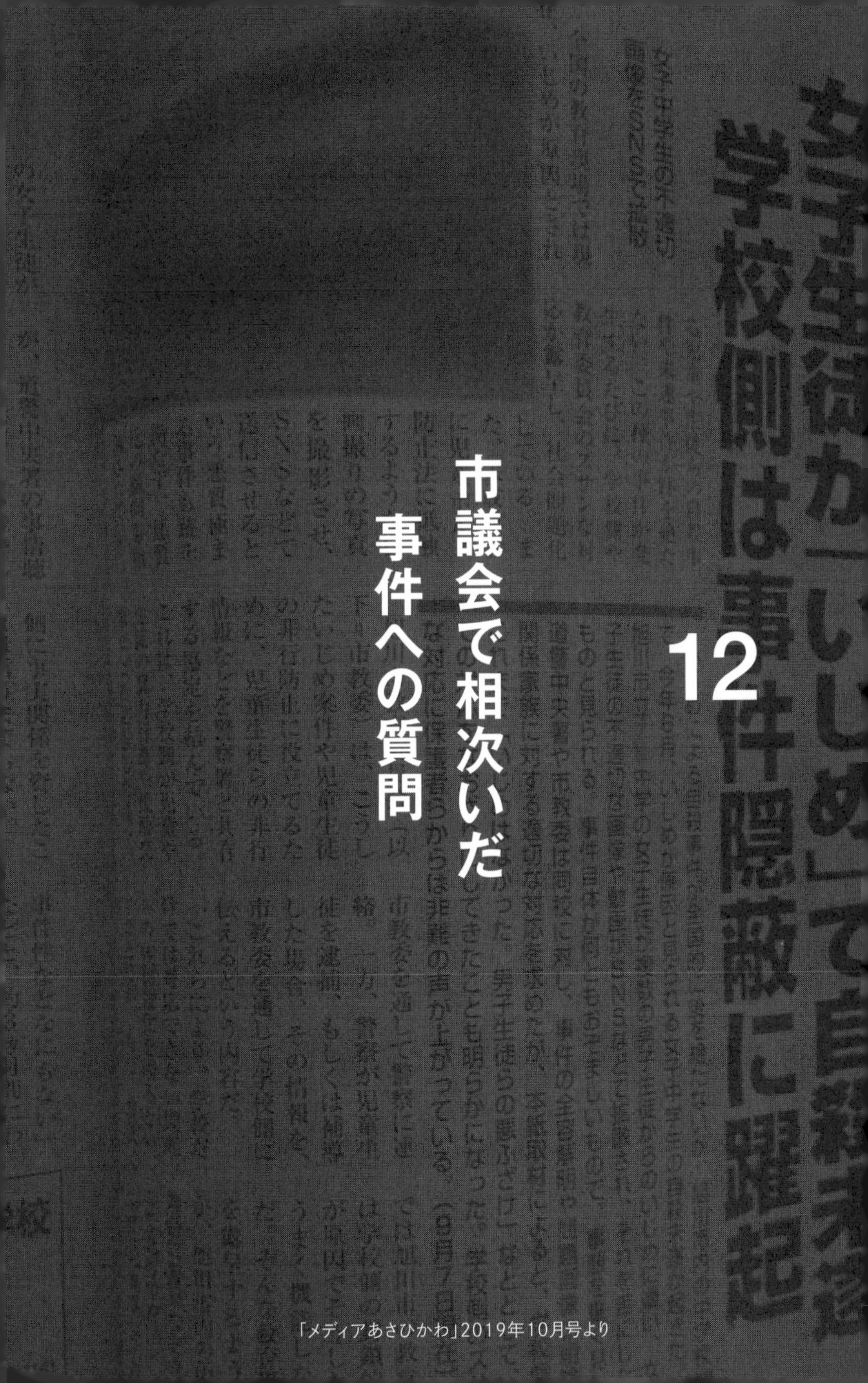

「メディアあさひかわ」2019年10月号より

煮え切らない市教委の答弁

「本日、旭川市いじめ防止等対策委員会における調査の実施についてご報告をさせていただきました。冒頭、私からこの調査に関係する、亡くなられた生徒のご冥福を心からお祈り申し上げますとともに、ご遺族の皆さまに対しまして哀悼の意を表し、お悔やみを申し上げる次第であります。改めまして市民の皆さま、大変多くの方々に多大なご心配をおかけしておりますことに深くお詫びを申し上げます」

２０２１年5月14日に開かれた北海道・旭川市議会の経済文教常任委員会冒頭。市教育委員会の黒蕨《くろわらび》真一教育長が報道陣の前で深々と頭を下げると、無数のフラッシュが浴びせられた。

同委員会で、市教委は、本事案をイジメの「重大事態」として対処し、第三者機関である「旭川市いじめ防止等対策委員会」で調査を実施することを改めて表明した。5月中にも調査に着手し、事件に関係した生徒等へのアンケートや、聞き取り調査を行い、11月末をもって調査結果をまとめるという。

経済文教常任委員会は約30分程度で閉会となるのが通例だが、この日は、爽彩さんのイジメ凍死事件に関する質問が市議会議員から相次ぎ、会は3時間以上にわたる異例の長さに及んだ。煮え切らない市教委の答弁に対して、市議らからの質問は厳しさを増していった。

13時から市役所の会議室で行われた委員会には、多くの地元メディアや傍聴する市民が集まり、緊迫した空気に包まれていた。

会議は冒頭、市教委側からの報告が5分ほど行われ、続いて市議らによる質疑応答の時間となった。最初に質疑に立った菅原範明市議からは、「イジメの有無における学校の判断、市教委の対応」についての質問が投げかけられた。

「この事案については、文春オンラインが隠蔽の疑いがあるとして記事に取り上げました。（4月26日には）参議院においてもこの事案の問題の重要性が指摘され、萩生田文科大臣におきましても真相究明に当たって道教委や旭川市教委にしっかりと調査するよう指示を促したということであります。世間では学校また、市教委の対応のまずさ、不手際が大きな社会問題となっていたのではないかとの推測がある。学校、市教委の対応はどうだったのか?」（菅原市議）

それに対し、市教委の担当者はこう答えた。

「当該学校では、事案発生後すぐに当該生徒及び関係生徒からの聞き取りを行うとともに、警察の対応状況も確認しております。当該学校においては、事案発生の経緯や生徒同士の関係性等に関する情報から、イジメと認知するまでには至らなかったものの、関係児童生徒への聞き取りの内容や学校の対応状況などについて、その都度教育委員会から報告を受けております」（市教委の担当者）

市教委は改めて、イジメと断定しなかった経緯を述べた。菅原市議は続けて、こう質問を続けた。

「イジメの重大事態の疑いがあるとされ、西川（将人）市長は記者会見において今回、文春オンラインの報道と市教委が認識している内容に大きな相違点があると確認をされておりました。その認識の根拠となる書類というのは存在しているのでしょうか。また、今後相違点の事実などをどのようにして確認していくのか」

「本事案に関わり、当該生徒や関係児童生徒が在籍をしていた学校が作成をいたしました聞き取りの内容や、指導の状況、警察と連携した内容等についての記録や、当該生徒の転校先の学校が作成をいたしました当該生徒の状況や学校の対応等についての記録がありまして、これらを本事案に対するこれまでの教育委員会の認識の根拠としているものでございます。教育委員会では各学校からの報告内容をまとめた資料を作成しておりまして、これらの資料につきましてはすべて旭川市いじめ防止等対策委員会に提出をして参りますので、その調査の中で事実関係等明らかにしていく所存であります」（市教委の学校教育部長）

なぜイジメと判断しなかったのか？

爽彩さんはわいせつ画像を拡散され、イジメグループから自慰行為を強要された。続いて質問に立った高花えい子市議はそうした事実があったにもかかわらず、これを今までイジメと認定してこなかった学校や市教委の「判断基準」について疑問を呈した。高花市議はその上で市教委に「イジメの概念についてどう考えているか」と質問した。

「イジメにつきましては、国は当該児童生徒と一定の人的関係にあり、他の児童生徒と行う心理的または物理的な影響を与える行為により当該児童生徒が心身の苦痛を感じているものと定義しており、教育委員会におきましても、平成31年2月に作成した旭川市いじめ防止等基本方針において国と同様の定義をしております」（市教委の担当者）
「児童生徒が心身の苦痛を感じていればイジメに該当されるという認識であると受け止めてよろしいですか？」（高花市議）
「イジメの理解に当たっては、何よりイジメを受けた側の心情に寄り添って判断することが重要であると認識しており、一定の人的関係にある児童等が行う行為により心身の苦痛を感じているものにつきましてはイジメに該当するものと考えております」（市教委の担当者）
「では、このたびの当該生徒はイジメの被害に遭ったと認識することになりますが、そう理解してよろしいですか？」（高花市議）
「本事案につきましては把握した事実関係や、その中で得た事実発生の経緯、生徒同士の関係性等に関する情報から判断しました。結果、イジメと認知するまでには時間がかかったと報告を受けており、市教委といたしましても関係機関と情報交換するなどして事実関係を精査したが、イジメと判断するまでには至らなかったところであります」（市教委の担当者）

能登谷《のとや》繁市議は、「当時小学校に通っていた保護者の方にもお話を伺いました。『2019年8月に警察の方が訪ねてきて、近くの中学校で厄介な性被害、とんでもない事件があった』と聞いていたそうです。容易にイジメと判断できると考えられますが、それでも市教委はイジメと判断できなかったのでしょうか」と、切り込んだ。市教委の担当者は、

「教育委員会に関しましては、本事案は警察と連携し、対応することが必要だったことから学校の事案発生報告を受け、ただちに警察との連携を開始するとともに、各学校における対応状況を把握しながら助言等を行い、当該生徒と保護者への支援を行っていたところであります。市的にはイジメの認知には至っていないというところであります」と回答した。

さらに質疑は続いた。

「（2019年6月に爽彩さんが地元のウッペツ川に飛び込む事件を起こしたことについて）これは『イジメではない』ということは誰がどのように判断したんでしょうか？」（能登谷市議）

「当該学校におきましては、先ほど申し上げました児童生徒等からの聞き取りですとか、警察の対応状況について管理職や関係する教職員によって情報整理いたしまして、最終的には（当時のY中学の）校長が判断したところでございます」（市教委の担当者）

「教育委員会が把握していた事実と既に報道された内容に相違があったということですが、どの部分がどの報道と違うのですか？　文春オンラインのことですか？　それは調査委員会を立ち上げる動機となる重大なことなので、しっかりとご説明いただきたい」（能登谷市議）

「今後の第三者による調査への影響を考慮し、具体的には申し上げることはできませんが、保護者と学校との関係性や当該生徒と関係生徒との関係性といったことに相違があったと認識してございます」（市教委の教育指導課長）

「保護者と学校のことも違う。生徒間のことも違うということですよね。『第三者調査でやるから何でも言えない』っていうのは、それは通るんだろうか。当時の判断は決裁済みでしょ？　教育委員会として公的な判断をされたんですよね。説明責任があるんじゃないですか？」（能登谷市議）

「当時の判断と現在の判断の違いということでありますが、現時点においては教育委員会としてもイジメの認知には至っていないところですが、我々の当時の認識等含めまして、そこにもしかしたら間違いがあったかもしれないということも前提といたしまして、そのことにつきましても第三者による調査の中で検証していただき、そのことを受け止めて参りたいという風に考えております」（市教委の教育指導課長）

飛び込み事件の記事を全否定したプリントを配っていた

能登谷市議によれば、2019年6月に、爽彩さんがウッペツ川に飛び込んだ事件を起こしたことは地元紙の「メディアあさひかわ」（2019年10月号）でも報じられた。しかし当時、Y中学は保護者宛にプリントを配布し、「メディアあさひかわ」の記事は「ありもしないこと」だと否定したのだという。能登谷市議はこう質問した。

「当時ですね、中学校からこの雑誌の記事は事実ではない旨のプリントが配布されました。これも保護者から聞かせていただきました。そのプリントはですね、学校長が発出していますが、『地元情報誌に本校に関わる記事が掲載されました。ありもしないことを書かれたうえ、謂《いわ》れのない誹謗中傷をされ驚きと悔しさを禁じ得ません』と、公文書とは思えない、学校長の心情まで書かれています。市教委はこの内容を把握していましたか？」（能登谷市議）

「当時、学校長とPTA会長との連名により保護者の方に宛てられた文書の内容については把握をしておりませんが、その文書の趣旨等については聞いているところでございます。その文書の趣旨といたしましては、当時月刊誌で学校名も含めまして掲載されたことにより、当該生徒と当時在籍していた子どもたちの登下校の安全ですとか子どもたちの不安や悩み、そういったことの解消のため、学校としての取り組みについて保護者に説明するために書いた文書であるという趣旨については伺っているところでございます」（市教委の教育指導課長）

「全く解せませんね。教育委員会は目を閉じて耳を塞いで知らないふりしてこれをやり過ごそうとしていたとしか思えませんよ、はっきり言って。２０１９年４月から母親が『イジメられている、調べてください』と訴えている。せめてこの６月の川に飛び込んだ時点でイジメとして対処していれば、命まで失うことはなかったんではないですか。はっきり言って初動ミス。学校任せにせず最初にしっかりとした調査を教育委員会として責任を持ってやっていれば、子どもの大事な命まで失うことはなかったのではないか」（能登谷市議）

黒蕨真一教育長は次のように語った。

「当該生徒が行方不明になられた際には私も早期に無事に発見されることを切に願っておりました。亡くなられたことは極めて残念でならないことでございます。これまでの一連の学校、それから教育委員会の対応につきましても調査機関の中で検証していただき、尊い命を救える手立てはなかったのかということを追及していくことが重要ではないかという風に思っております」

学校や教育委員会の隠蔽体質に対して、3時間にわたって厳しい追及が続いたが、市教委は「第三者委員会の調査」を理由に詳細を語るのを避け続けた。

6月以降には次の委員会が開かれ、再び旭川14歳少女凍死事件について、議題に上がる予定だ。爽彩さんの遺族は文春オンラインの取材にこう答えた。

「転校した後に学校がそのような書面を配布していたことは知りませんでした。（学校側は）どうして嘘をつき続けるのだろうかと思います。保護者会でも同じでしたが、言えることと言えないことはあると思いますが、イジメに関わることはすべて『第三者委員会の調査のため』という言葉で答えないというのは少し違うのではないかと感じています」

事件からは既に2年が経過し、加害者らの記憶は薄れ、口裏合わせや証拠隠滅の危険性もある。捜査権のない第三者委員会の調査で、遺族の理解が得られる検証結果が出せるのだろうか。

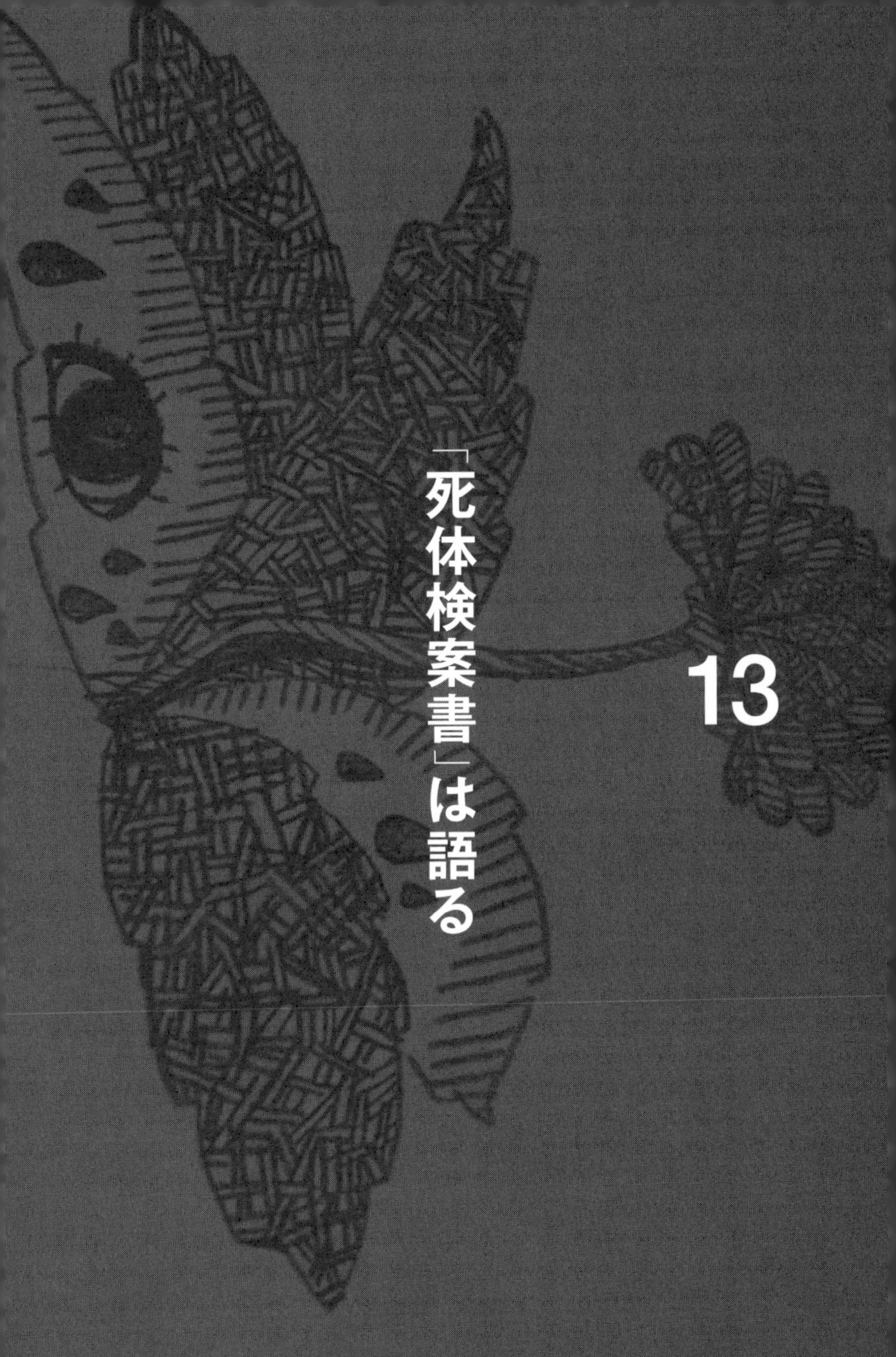

13 「死体検案書」は語る

イジメを受けた後の絵

著名人が続々と反応

《いじめで人が死んでいるのに犯罪だと認識できない旭川市の教育委員会は頭がおかしいとしか言いようがない》（田村淳公式Twitter　２０２１年4月28日より）

《その少女誰にも相談する事できへんやろ。普通のイジメでもそうなのに、ましてや携帯で写真撮られてたんやろ。卑怯極まりないやんけ。（略）教育委員会とか学校の教師とかも気づきませんでしたとか、イジメじゃないんじゃないかなって、いや、その子がイジメられてるって感じたらイジメやねん》（ほんこんYouTubeチャンネル　5月23日より）

《全部読んだ。仲間同士なはずなのにそれぞれ他の人に罪をなすり付けている。誰も守ってくれないのか助けてくれないのか、、胸糞悪いなあ、、心からご冥福をお祈り致します》

（きゃりーぱみゅぱみゅ公式Twitter　4月30日より）

文春オンラインではこれまで爽彩さんの死の背景に凄惨なイジメがあったことを報じてきた。記事は大きな反響を呼び、著名人もTwitterやYouTubeで爽彩さんの死に哀悼の意を示すとともに、イジメの悲惨さや学校側の対応のまずさを指摘している。

一連の報道を受けて旭川市教育委員会は5月に第三者委員会を設置し、イジメに関する再調査を開始した。爽彩さんがイジメを受けてから2年。ようやく事態が動き出した一方で、ネットでは遺族に対する誹謗中傷があふれ、事件と関わりのない人たちの名前と顔写真が晒され続けている。5月25日、爽彩さんの母親はFacebookで以下のように現在の心境を綴った。

《何度も申し訳ありませんが　２０１９年の関係者を捜したり　断定する事は控えてください。関係者につきましては　こちらは把握しております。私が捜している名前を知りたい等はありません。関係者を公表する予定もございません。皆様にはご心配をおかけしておりますが　新たな無関係の被害者を出す事になる為　再三のお願いにはなりますが　お控え下さいます様、宜しくお願い致します。ＳＮＳでの誹謗中傷も心を痛めている方が沢山います。発言前にもう一度確認し　相手に対して思いやりのある言葉なのか　確認した上

での投稿をお願い申し上げます》

ネット上では現在、爽彩さんと別の少女の動画も拡散されている。またネット上で後を絶たないのが、事実とはあまりにもかけ離れた「他殺説」や「陰謀説」を唱える書き込みだ。5月21日に爽彩さんの事件について報じたYouTubeライブ「文春オンラインTV」でも、コメント欄には「爽彩さんの死は絶対に自殺ではなく、他殺です。皆隠蔽しています」といった趣旨の書き込みが多く見られた。また、実際に遺族のSNSへ「爽彩さんが他殺だったというのは本当ですか?」と、ダイレクトメッセージが送られてくることも頻繁にあるという。

だが、爽彩さんの死因は「他殺」ではない。

「失踪当日、自殺についてLINEでほのめかしていたものの、どこまでその意志があったのかは不明です。なぜ(死体が発見された)公園にいたのか、その経緯や亡くなった際の詳しい状況もよくわからないのです」(爽彩さんが失踪した当時、捜索を行った近親者)

「自殺」でも「他殺」でもない理由

ここに文春オンライン取材班が独自入手したA4用紙1枚の「爽彩さんの死体検案書」

がある。同書は3月24日、爽彩さんの遺体が発見された翌日に、旭川医大で行われた司法解剖の結果を記したものである。同書にはこうある（重要部分のみ抜粋）。

〈死亡した時　令和3年2月中旬頃

死亡したところ　×××公園（発見）

直接死因　偶発性低体温症

発病（発症）または受傷から死亡までの期間　短時間

解剖　有

主要所見　直接死因となる外傷（－）、窒息（－）、疾病（－）、薬物血中濃度は治療域　尿貯留

死因の種類　9、自殺　10、他殺　11、その他及び不詳の外因〇〉

この検案書からどのようなことがわかるのだろうか。

『事例でわかる　死亡検案書・死体検案書記載の手引き』（医歯薬出版株式会社）の著者で千葉大学大学院法医学教室教授の岩瀬博太郎氏は、以下のように解説する。

「死亡したときが令和3年2月中旬頃と書かれていて、死体検案書の発行されたのが3月24日となっています。このことから、この方は亡くなったあと1カ月以上経って遺体が発見

されたと思われます。おそらく公園の雪かなにかに埋まってしまい、ずっと見つからなかったということなのではないでしょうか。

死体検案書の解剖部分の所見欄に書かれている外傷（－）というのは、暴行などを受けた際に残る内臓の損傷など大きな外傷がないということだと思われます。事件性などが疑われる首絞めなどの窒息死についても、窒息（－）とあるので、そういった所見はなかったということでしょう。疾病（－）は、心筋梗塞や脳出血などの死に直結するような病気はなかったということを表しています。薬物の血中濃度も測定されているようで、お薬を飲んでいたと思われますが、決められた範囲での常用で死因になるような濃度ではありませんので『薬物血中濃度は治療域』と書かれているのだと思います。胃粘膜下出血というのは、低体温症に表れる特徴的な粘膜出血で、低体温症の所見のことを指していると思います。『尿貯留』は、膀胱に尿が貯まっていたということです。体温が奪われて意識が薄らぐ時間が長いと、眠ったような状態になり、その間に膀胱に尿が貯まっていきます。低体温症で亡くなった人は膀胱に尿が貯まっていたケースが多いのです。死亡状況からしても寒いところで亡くなっていたことを加味して偶発性低体温症と診断されたのだと思います」

そして「死因の種類」として、「自殺」や「他殺」ではなく、「その他及び不詳の外因」という項目に○がついている。

「気温15度でも一晩、屋外で薄着でいれば低体温症になることがあります。氷点下でも厚手のダウンジャケットなどを着ていれば、低体温症になる時間は延びたかもしれませんが、軽装であれば検案書の『発症から死亡までの期間』欄に書かれている通り『短時間』で亡くなったと思われます。死因の種類に『その他及び不詳の外因』と記してあるのは、遺体を解剖後検査して、死ぬような外傷や窒息の所見がなく、他殺と言える所見もなく、また大量の薬を飲んでもいないし、持病もなかったことから、自殺か事故死かは判断できなかったということでしょう」

前出の近親者が、2月13日、爽彩さんが失踪した当時の様子を明かす。

「失踪当日の深夜、爽彩を車で捜しているときに車内の外気温計や街中の温度計はマイナス17℃を指していました。雪が降っているほうがまだ暖かくなるのですが、あの日は晴れていて、放射冷却でさらに冷え込む夜でした。爽彩が行方不明になった3日後に旭川には大雪が降りました。猛吹雪で膝くらいまで雪が積もり、車で捜索を続けましたが雪で視界が悪く、捜索は難航しました。警察には『あの天候では、3時間くらいしか体力的に持たなかったのではないか』と言われました」

爽彩さんの遺体は失踪時と同じ、薄手のパンツとTシャツ、上にパーカーを羽織っていただけの状態で発見された。

「ネット上では、爽彩が何者かに連れ出され、遺体発見時には一部の所持品がなくなっていたという話がまことしやかに流れていますが、事実無根です。財布は自宅に置いたままで、スマホもリュックも長靴も、すべて所持品は遺族のもとに返却されています。爽彩が見つかった場所が公園の土管の中だったという話もありますが、これも事実ではありません。土管で見つかったのなら、警察の方がスコップで掘り起こす必要もありませんから」（同前）

母親が受けた誹謗中傷

爽彩さんの母親は、爽彩さんの失踪当時から現在まで様々な誹謗中傷を受け続けてきた。

「母親がFacebookで捜索の協力を呼びかけると、『庭を調べろ。土の中に埋まっている』『虐待していたんですよね』『行方不明はデマですよね?』『どうせ母子家庭なんだから貧困理由でしょ』『この人、生活保護なんだって』と、事実ではない心ないメッセージが送られていました。最近では、興味本位でボランティアを装った人が自宅に押し掛けたり、遺族の把握していない募金活動が行われたりもしています。遺族の知らないところで爽彩さんが生前

に描いた絵を商品化しようとする人まで現れ、遺族は心を痛め、とても苦しんでいます」(同前)

文春オンラインの取材に爽彩さんの遺族が心境を明かした。

「(事実無根の情報を流すのは)本当に止めてほしいです。おもしろおかしく、それが事実として流れてしまいます。人の名前や顔を勝手にネット上で晒していいものでもないと思います。人の人生をぐちゃぐちゃにしていい権利はないですし、顔写真、名前を手当たり次第晒すというのは爽彩が怖い思いをしたイジメと同じ行為だと思います。爽彩は人を恨むことはしない子でした。何も悪いことをしていない無関係な子を社会的に抹殺するような行為を遺族側は望んでいません。何か今回の件で証拠を入手した方がいらっしゃる場合はネットではなく、警察や第三者委員会に提出してほしいです」

5月31日、爽彩さんの遺体が見つかった公園は新緑に包まれ、公園が見渡せる丘の上には花束とメッセージが残されていた。

《いままでこの辛い世の中で　たくさんたくさん頑張ったね　あなたはとても強い人です‼
あなたはこれから爽やかな風の吹く　彩どりのある世界で心穏やかに過ごして　安らかに楽しく平穏でありますように》

6月16日に開かれた旭川市議会では、昨2020年11月に爽彩さんと思われる女子生徒が地元の子ども相談室に「SNSを通じて攻撃された」と、イジメ被害を相談していたことが明かされた。彼女は「死にたいと思って何度もリストカットしている」とも話していたという。

14

隠蔽体質の教育委員会は解散せよ
――尾木ママの直言

教育評論家の尾木直樹氏

学校の常識は、世間の非常識

「正直言って、旭川市教育委員会は一刻も早く解散したほうがよい状態になっていると思うの。僕は昔からよく言うんですけども、教育委員会というのは恐らくどこの都道府県を例に取っても、閉じた組織になってしまって、隠蔽体質に陥ってしまう。今回の一連の報道を見ても、その体質がよく表れている気がします。『学校の常識は、世間の非常識』という言葉があります。旭川市教委は、自分たちの〝常識〟に囚われず、オープンな形で、このイジメの問題に取り組んでいかなければなりません」

「旭川14歳少女イジメ凍死事件」について、こう厳しい言葉を投げかけるのは、「尾木ママ」の愛称で親しまれ、元中学・高校教師で教育評論家の尾木直樹氏だ。

廣瀬爽彩さんの死の背景に凄惨なイジメがあったという一連の報道を受けて、旭川市教育委員会は2021年5月に第三者委員会を設置し、イジメに関する再調査を開始した。

その2回目の会合が6月4日に非公開で行われ、保管されているすべての文書の分析をすることや直接関わりのなかった生徒らへのアンケートを実施すること、7月には関与した生徒からの聞き取り調査を開始することが発表された。しかし、当初11月末までにまとめるとされた調査結果の公表については「日程は白紙」と延期が伝えられた。

尾木氏は2011年に滋賀県・大津市で起きた「大津市中2イジメ自殺事件」について調査する第三者委員会の委員を、遺族側の推薦を受けて務めた経験がある。当時の経験も踏まえ、尾木氏は旭川市教育委員会の問題点を次のように指摘した。

明らかに「いじめ防止ガイドライン」に抵触していた

まず、旭川市教育委員会は、4月26日に萩生田光一文部科学大臣が国会で述べた答弁の重みを理解すべきだと思います。萩生田大臣は、国会で「(旭川の)事案が進まないということであれば、文科省の職員を現地に派遣する。或いは私を含めた政務三役が現場に入って直接お話しする」とまで言いました。これは極めて異例で踏み込んだ発言です。

というのも、文部科学省には、都道府県立の高校に対して、「現場に入って直接お話しする」権限はあるのですが、公立の市区町村立の小中学校に対しては、各自治体が管轄している関係で、直接の調査権がないからです。しかし、萩生田大臣はそんなことは百も承知で、あえて〝越権行為〟に及ぶ可能性を示唆したわけです。それだけ、文科省としてはこの問題を重要視しているということです。

ところが、旭川市教育委員会が設置した第三者委員会は、当初11月末までには行うとした調査結果の公表時期について「白紙」にすると発表しました。これではとても「事案が進んでいる」とは言えません。はっきり言って第三者委員会は機能していないと思います。

そもそも、廣瀬爽彩さんが受けたイジメ行為について、Y中学校や市教委は２０１９年９月の段階で、文科省が定める「いじめ防止ガイドライン」（いじめの重大事態の調査に関するガイドライン）の事例にも明らかに抵触する事態が起こっていながら、『イジメではない』という結論を出してしまいました。なぜ、こんなことが起きたかというと、やっぱりその背景には〝学校の常識は、世間の非常識〟と言えるような事情がある。学校には50年前と変わらない悪しき文化が息づいているんです。

例えば、校長先生というのは、往々にして、過不足なく自分の校長としての任期を全うすることを第一目標にしがちです。なぜなら、公立校の校長を勤め上げた先生は、70歳になったら自動的に叙勲の対象になる。それから校長の任期を無事全うし、定年退職した際には、市立図書館の館長や教育相談所の所長といったポジションに〝再就職〟することができる。彼らにはこれがすごく重要なことなのです。

ところが、校長在任中に学校で〝事件〟が起きてしまったら、これらの恩恵を受けることができなくなってしまう。そのため、校長先生というのは、イジメなどが疑われる事態が起きると、『なんとか穏便にできないか』と〝事なかれ主義〟に陥りがちです。こういう校長先生の姿を、僕はこれまで無数といっていいぐらい見てきました。

第三者委員会には県外の人を選ぶべき

基本的に学校や教育委員会というのは隠蔽体質に陥るものです。だからこそ、今回のような「イジメの再調査」を行うための第三者委員会については、まず何より「オープン」であることが重要です。

そこでまずは大原則として、第三者委員会の委員は『旭川市以外の方』を選ぶことが大切です。

僕は大津のイジメ事件に関する第三者委員会に入った時、延べ56人から計95時間に及ぶ聞き取り調査を行い、今後のイジメ問題解決のモデルになるようにと、計230ページに及ぶ報告書を他の委員と一緒に作成しました。その報告書の中に、わざわざ『第三者委員会の在り方』という項目を加えたんです。そこでまず指摘したのは「委員には県外のしがらみのない人間を選ぶ」という視点でした。

大津の第三者委員会にもはじめのうちは滋賀県の臨床心理士会の会長が入る予定でした。その方は市教委との繋がりが弱くなく、もしこの方が委員に入ったまま調査が行われれば、調査の公正性が保てなくなることが懸念されました。最終的には、被害生徒の家庭に関する個人情報を第三者に漏らしたとしてご遺族からこの人選に異議が出て、この会長が自ら第三者委員会の委員を辞める形で決着がつきました。

県内の人を選べば必ず被害者や加害者とどこかで何か繋がりが出てくる。そして繋がりがあれば、完全に客観的な調査などできるはずはありません。ところが、現時点で決まっている旭川の第三者委員会の8人のメンバーは、ほとんどが旭川市内にある病院の医師や弁護士、北海道内の関係者だそうですね。これでは、客観的な調査など望むべくもありません。

しかし、第三者委員会の人選については、言ってみれば市長の姿勢如何でどうにでもなる問題です。大津のイジメ事件の時は、当時の越直美《こし》大津市長が中学時代に自身がイジメを受けた経験があったこともあり、イジメには毅然とした態度を取り、必ず真実を解明するという姿勢で矢面に立って臨まれた。その結果、第三者委員会の委員の人選についても、中立性とご遺族の意思を最も重視して理想の形で進めることができたのです。旭川の市長も教育委員会に任せず、リーダーシップを発揮して、第三者委員会の人選についても抜本的に見直す必要があるでしょう。

また、第三者委員会は、学校や市教委が保管しているすべての資料を入手しなければなりません。大津の時では、被害生徒が通っていた学校が、同級生らに実施したイジメのアンケートを不開示にしていました。僕らが学校や市教委に働きかけても、なかなか資料が出てこなかったんですけど、幸運だったのは警察が動いてくれたことでした。職員室を家宅捜索して、すべての資料を押収し、僕らに渡してくれたのです。

重要な資料から学級日誌まで全部で段ボール11箱分もあり、あれだけの資料を読むのは大変でしたが、その分、当時学校内で何が起きていたのか、学級はどう変化していったのか等を克明に見ていくことができました。

旭川の場合でも、2019年にY中学校が実施した加害者生徒や同級生、教員らの聞き取りをまとめた調書について、遺族が情報公開請求をしても、教育委員会が開示拒否を行っていると聞きますが、事実なら第三者委員会は、まずあらゆる資料を集め、当時実際に何が起きていたかを虚心坦懐に見直すべきでしょう。

聞き取り調査の重要性

イジメに関係した生徒や学校関係者への聞き取り調査も大変重要になります。大切なのは、杓子定規に関係者と対峙することではなく、臨機応変に、相手の立場に立って話を聞こうとする姿勢です。大津の時は、基本的にイジメに関係した子どもや先生には、市教委の会議室に来ていただくという形を取りました。しかし、中には『教育委員会には行きにくい』という子もいるわけですね。そういった場合は、相手が指定するところへ足を運ぶ約束にしていました。

生徒の自宅で聞き取りをするというケースもありました。ある時は、山の上の方に住む生徒のご自宅に伺ったこともありました。すごく寒くて、ブルブル震えながら聞き取りをした記憶があります。そうやって、調査委員会のメンバーが誠意を見せれば、子どもたちも次第に心を開いて「本当のこと」を話してくれる。そんな場面がいくつもありました。聞き取りに応じることは、加害側の子どもにとっても、自分の取った言動を見つめ考える重要な教育機会でもあるのです。

ただ、僕はこれまで多くのイジメ問題の解決に取り組んできましたが、最近では加害者側の親も加害生徒と同じトーンで反論してくるケースが多くなってきているように感じます。「うちの子はイジメはしていない。あれはただの悪ふざけだった。だから、うちの子どもが聞き取り調査を受ける必要はない」といった具合です。この場合は、まず親に、関係者にはイジメを行ったかどうかにかかわらず、聞き取りをしていることを十分に納得してもらった上で、子どもにも話を聞くことになります。正直、労力は通常の聞き取りの何倍にもなるので、大変です。時には、加害生徒の親からすごい迫力で恫喝《どうかつ》されることもありました。なかなか一筋縄ではいかないことも多いのです。

それでも、第三者委員会は「事実で勝負する」姿勢が大事です。大津ではゼロベースから事実認定を行いました。例えば、自死に至る被害生徒の行動に関しての市教委側のある推論について、僕の教師経験からすると、「中学2年生の男の子だったら、そんなことはまずしないだろう」という確信に近いものがあったのですが、当時の第三者委員会の委員長を務めた元裁判官にそのことを伝えると『それは先生たちの経験主義です』と言われてしまったんです。

　そこで、僕たちは、被害生徒がそのような行動を取ることはあり得るのかどうかしっかり検証しようということで、精神科医や虐待問題の専門家、イジメ問題の権威らから2時間ずつ、レクチャーを受けました。現場も念入りに調べ、改めて出した結論は、結果的には僕の推論通りだったのですが、第三者委員会の調査ではそうやって先入観を捨てて、一つ一つの事実を慎重に検証していったのです。

　その結果、最終的には、被害生徒が複数の同級生から学校の教室、トイレ内、廊下などで頻繁に暴行を受けていたこと、口や顔、手足に粘着テープを巻き付けられたこと、「お前の家族全員死ね」などの言葉を浴びせられ、自殺の練習まがいの行為までするように強要されていたことなど、19件に及ぶ凄惨なイジメ行為があったことを認定しました。つまり、第三者委員会がやらなければいけないのは、先入観や経験主義に陥るのではなく、関わりのあった生徒や教師、家族や親族、ご近所にも範囲を広げて聞き取りをして、曖昧なことを丁寧に消していく作業なのです。

変わってきたイジメのかたち

また、第三者委員会は「閉鎖的な職員室文化」と向き合うことも強いられます。どんな学校にも少なくとも5～6人は良心的な教師が必ずいるものです。彼らはイジメに対しても問題意識を持っていて、周囲には「あの時、確かにこんなことが起きていた」と事実を話していたりする。しかし、いざ第三者委員会の調査となると、突然口をつぐんだり、ウソの証言を始めたりするのです。

それは彼ら良心的な教師に対して、ムラ社会的な論理が働くからです。周りの先生から『あなたが事実を話したら校長はどういう処分を受けるか。教育長にまでこんな迷惑が掛かる』などと責められるんですね。すると教師は自分一人の問題では済まないと気付き、その場の空気にも流され、口をつぐんだり、『よく覚えていません』『記憶にありません』などと証言を変えてしまうわけです。それがいけないことだと分かっていても、内向きの論理に囚われてしまう。

こういったことがあるので、生徒の聞き取り以上に教員の聞き取りにも注意しなければなりません。もとより、子どもたちは先生の言動をよく見ています。信頼する先生や大人が態度を変えてウソを言うことに、子どもの心は大きく傷つきます。子どもに恥じない人間教師であってほしいと思います。

現代では、イジメのかたちも変わってきています。イジメが見えにくくなってきたといってもいい。旭川で廣瀬爽彩さんが、イジメグループに性的な画像をSNSで拡散されたようにスマホを使った陰湿なイジメが横行しています。ところがこういう時、学校は『スマホの使用は学校で禁止されている。学校外で起こった出来事については学校は関与しない』という態度を取りがちです。

旭川でもY中学校がそうした態度を取っていたようですけど、しかし、本来であれば、中高生にもスマホやネットが普及し、そこにもう一つのリアルな世界を持っている現代の子どもの状況を考えれば、「学校外で起こったこと」と切り捨てるのは、学校の本分を放棄しているのと同じです。そのためにも、先生方こそ今の時代はスマホリテラシー（スマホを適切に使いこなす能力）を磨く必要があり、積極的にこうした問題に対処していくべきです。

自分自身が加害者や傍観者としてイジメに関わった人が、その後、そのこととききちんと向き合うことをしなかったために、大人になってもなお苦しむケースを私はいくつも見てきました。真実と向き合うことは時には辛い場面もあることでしょう。しかし、そのことは、被害者やご遺族のためだけでなく、イジメに関わった人たちすべての今後の人生にも重要な意味を持つのです。

第三者委員会は被害者のために真摯に向き合うべきです。決して、教育委員会の内向きの論理に屈することがあってはなりません。イジメの起きない社会にしていくため、市長のリーダーシップと第三者委員会の今後に注目したいと思います。

15

〔資料〕全文公開
Y中学臨時保護者会

保護者会の開かれた体育館

なぜまともに説明しようとしないのか

「なぜY中学校はまともにあの事件について、説明をしようとしないのか——保護者としての当然の不満ですらまともに受け止めないのが、今のY中学校の姿です。どうして爽彩さんの事件について、これまで公にせず、黙ってきたのか。あの時、本当は何が起きて、Y中学校はどう対応したのか。それが知りたいのに。先日行われた保護者会でも、校長が『第三者委員会の調査』を理由に、ほぼ無回答を貫きました。これで『生徒の安心・安全』のためと言われても……。そもそも子どもたちの安心・安全を脅かしているのは、学校側の隠蔽体質が原因ではないかと言いたいです」（Y中学校に子どもを通わす保護者）

文春オンラインでは、2021年4月26日にY中学校で行われた臨時保護者会の紛糾の様子を報じた。同記事では、一連の報道を受けて臨時保護者会が開かれたものの、保護者の真摯な質問に対して、ほぼゼロ回答を貫いた学校側の不誠実さについて触れた。その記事に対して、Y中学校の保護者から学校の対応を批判する様々な声が取材班に寄せられた。

「Y中学校に通っていた時にイジメの被害を受けていた爽彩さんの事件について報じられて以降、このような学校に我が子を通わせることに大変な不安を覚えていますし、親として責任も感じています。爽彩さんの事件に関しては今回の報道があるまで何も知りませんでした。こうした事件が起きた学校だとわかっていれば、他の中学校を選択し、子どもを入学させなかった。今では、後悔と不安の毎日を送っています」（別の保護者）

爽彩さんのイジメの問題については、旭川市の教育委員会が第三者委員会を設置して、再調査を実施する方針を定めている。今回、改めてY中学校側の対応に問題がなかったか検証するため、そして何より爽彩さんの事件によって今何が起きているのかを明らかにするために、特定の名称などを除いて保護者会での出席者の発言を全文公開することとした。

開始前から異様な雰囲気

4月26日19時からY中学校の「臨時の保護者説明会」は行われた。校内の体育館で行われたが、入り口で教員らが在学生徒と保護者の名前を照合するなど、異様な雰囲気が漂っていた。

100名ほどの保護者が詰めかけた体育館内には、パイプ椅子が並べられ、校長と教頭が前方に立ち、横の壁に沿ってPTA会長、教育委員会のカウンセラー、爽彩さんの当時の担任教師を含めた各学年の教員20名ほどが直立不動で立っていた。

2020年4月から赴任し、イジメ事件が起きた時には別の学校に在籍していた現・校長が深々と頭を下げ、臨時保護者会は始まった――。

司会　本日は大変お忙しい中、また急なご案内にもかかわらず夜分にお集まりいただきましてありがとうございます。それではさっそくはじめに校長からご説明をさせていただきます。ご質問等につきましては説明等の後に時間を空けていますので宜しくお願い致します。

校長　はじめに、報道等でご承知のことと思いますが、3月下旬にお亡くなりになった市内の女子生徒が令和元年度は本校に在籍しておりました。ご冥福を心からお祈り申し上げますとともに、ご遺族の皆様に謹んでお悔やみを申し上げます。

令和元年度の本校の対応に対するご意見やご指摘が続いており、生徒や保護者の皆様にはご不安な想いやご心配をおかけしております。そのような中、生徒の不安解消や安全安心を確保するために、その一助になることを願い、本会を開催させていただきました。ご参加くださいまして本当にありがとうございます。

はじめに、令和元年度、2年前の生徒指導事案につきましては、当時、前任の校長のもとで警察と情報を共有したり、教育委員会と連携しながら対応いたしました。事案の内容につきましては、報道で公表されておりますように第三者（委員会）による調査を行う方向で教育委員会が検討していると聞いておりますので、そこで明らかになっていくと考えております。調査が始まった場合には、学校として協力し、当時の学校の判断は対応が十分と言えるのか、どのような課題があったのかなど専門家の皆様に検証いただき、その結果を真摯に受け止め、今後の指導に活かして参りたいと認識しております。

また、学校には、今回の件に関連する数多くの問い合わせやご意見が寄せられており、SNS上には学校や教員等に対する誹謗中傷が書き込まれたり、色んなことが発生しており警察と連携しているところでございます。保護者の皆様には大変ご心配をおかけしております。学校は、生徒の不安解消と安心して学校生活を送ることができるよう、教育委員会や警察等と連携して対応しているところでございます。本日は、学校の取り組み、また、保護者の皆様にご理解とご協力をいただきたいことを含めてご説明をさせていただきます。

　はじめに、生徒の心のケアに関する取り組みについてご説明をさせていただきます。生徒の間でも不安が広がっていることや、亡くなった女子生徒と同学年の3年生の中には女子生徒を知っている生徒もいますので、丁寧に行って参りたいと考えております。1点目は、教育相談の実施について、でございます。本日、4月26日から30日までの期間、担任を中心とした個別面談を行いますので、不安なこと、悩み、新たな学級での人間関係などで困っていることなどがあれば遠慮なくご相談ください。

　2点目に、スクールカウンセラーについて、でございます。27日、28日、30日の3日間は教育委員会にお願いして、13時から17時の時間帯にスクールカウンセラーを派遣していただくことを先週末にご案内させていただきました。さらに本日、ゴールデンウィーク明けの5月6日、7日、10日にも派遣いただけることになりました。担任が面談する中で、心配な生徒にはスクールカウンセラーとの面談を働きかけます。また、保護者の皆様から見て、お子様に何かいつもと様子が違うなど不安や心配な様子が見られる場合には、保護者のほうからお子様に「スクールカウンセラーと話してみたら？」とお声をかけていただきたく存じます。宜しくお願い致します。

次に、生徒の安全安心に関する取り組みについてご説明をさせていただきます。生徒の登下校の際には職員が外に出て見守る取り組みを継続しております。また、旭川中央警察署に依頼して多くの生徒が登下校する時間帯や部活動で帰る時間帯には、学校周辺の巡回をお願いしているところでございます。保護者の皆様におかれましては登下校や部活動の際には、できるだけ複数で登下校するようにお子様への声かけをお願い致します。また、可能な範囲でご自宅付近の見守り運動などにご協力をお願い致しますとともに、何か不安なことがございましたら学校のほうまでご連絡をいただきたいと思います。

最後に、命の大切さと仲間作りについてご説明を致します。命の大切さにつきましては始業式の際に、「命はたった1つのものでかけがえのないものであること」を、そして、「相手の命も自分の命と同じようにかけがえないものであり、自他を尊重してほしいこと」を生徒にお願いしております。連休前にすべての学級で命の大切さや人権に関わる道徳の授業を行って参ります。

2点目に、学年集会の開催についてでございます。この学年集会では「イジメは決して許されない行為であること」、「悪口やSNSでの誹謗中傷はいずれもイジメであり、これらの行為は相手の気持ちを考えて行動することで防げること」などを、再度、生徒に考えてもらいたいと思っております。また、昨年度より、Y中学校の生徒のキーワードとして「私も大切。あなたも大切」を掲げさせていただいております。より良い学級、学年作りを目指して集会を行って参りたいと思っております。その際に、3年生のほうには進路の不安を解消する話も行わせていただきたいと思っているところでございます。以上でございます。

教頭と担任の挨拶

司会　次に、本校の教頭、（担任の）教諭にお話をさせていただきます。

教頭　最初に、本校に在籍していた生徒が亡くなったことに対しまして、心から残念であり言葉になりません。ご冥福をお祈り申し上げます。また、ご遺族の方にはお悔やみを申し上げます。本校の生徒、保護者の皆様にご心配、ご不安な想いをさせておりますことをお詫び申し上げます。報道等に関することにつきましては、今後予定されている第三者委員会において誠心誠意対応して参ります。今、私ができること、そういった形ができるように皆様方に、できることに一生懸命、努力していきたいと考えております。今後、宜しくお願いいたします。

担任　このたび、本校に在籍しておりました生徒がお亡くなりになったことについてお悔やみ申し上げるとともに、ご冥福をお祈り申し上げます。生徒や保護者の皆様にご心配をおかけしていることをお詫び申し上げます。教頭先生と同様に、私も、今後予定されている第三者委員会において誠心誠意、対応して参ります。今後とも生徒に寄り添い、生徒や保護者の皆様のために尽力して参りますので、改めて宜しくお願い致します。

司会　次に、教育委員会からの派遣によるスクールカウンセラーに、生徒の心のケアに関わるご説明をさせていただきます。

カウンセラー　こんばんは。旭川市から派遣されてきました。スクールカウンセラーの××といいます。宜しくお願いします。今、このように私が前に立たせていただいて、とても緊張していますが、まず生徒が亡くなったということについて私も重く受け止めていますし、皆様も重く受け止められて、不安な想いになってるんじゃないかなと思います。まず、そのことについて、ご冥福をお祈りしたいと思います。

今、この会場もとても緊迫した雰囲気になっていますけれども、このような状況の中で子どもたちが生活していることについて、皆様方もとても不安に思っていらっしゃると思います。まず、僕は、ここに来られている保護者の方にお願いをしたいということについて1つあります。それは校長先生からもありましたが、お子さんの様子について何か「違う」っていうことがありましたら、すぐに学校等にご連絡をいただければいいかなという風に思います。また、こういう状況の中では子どもたちは、とてもじゃないですけども、言葉で「助けてほしい」とか「困っている」とか、そういうことを言えないっていう場面も多々あります。それは、体の訴えとして出てくることがありますので、何か、お母さん、お父さんのほうで、お祖父ちゃん、お祖母ちゃんのほうで「何か心配だな」とかいうことがありましたら、すぐにでも学校にご連絡をいただければいいかなという風に思います。精一杯、子どもたちのことについて、また保護者の方の色んな、〝心の傷つき〟ということについて対応して参りたいと思いますので、宜しくお願いします。

校長　今後も、安全安心、心のケア、そして学びの保障に、Y中学校の教職員がチームで取り組んで参りますので、どうぞ宜しくお願い致します。以上で、学校のほうからの説明を終わらせていただきます。

司会　次に、保護者の皆様からのご質問をお受けさせていただきます。お一人ずつお答え致しますので、宜しくお願い致します。ご質問のある方は挙手をお願いします。

保護者1　いいですか？（涙声）×年×組の生徒を持つ母です。担任は替わんないんでしょうか？　教育相談は、なんでその度に、子どもが言わないといけないんですか。教育相談ってそもそも何ですか？　亡くなった子の担任だった先生に、何を子どもは相談するんですか？　担任を替えてください。

校長　今、いただきましたご質問につきましては、ここで即答はできません。申し訳ございません。検討します。そして、あの、教育相談につきましては、養護教諭が一緒に入った形を取らせていただいております。本当に、子どもたちの心に寄り添えるよう、頑張って参ります。

保護者2　すみません。2年前のこの事件に関しましては、私たちは全然関係ないので、今日は、自分の子どもを守るためにどうしたらいいか……で、来ているんですけども。既に、昨日の（部活の）試合の時点で他の学校から小さな声でささやかれてるんです。「Y中が来た。Y中が来た」。今現在、子どもを守るために記者会見等は検討していないんでしょうか？

校長　この案件につきましては、複数の学校や警察が連携しておりまして、旭川市全体で取り組む案件となっております。そこで、市長、教育長から、旭川市としても今後の状況、方向性が公表されておりますので本校が独自で行える状況ではございません。申し訳ございません。

保護者2　すみません。では、どのように子どもたちは対応するように伝えればいいですか？　そうやって周りから騒がれた時に。ただ堂々としていればいいんですか？

校長　その辺のこと、本当に辛い想いに、十分に心を寄り添えるように学校のほうでもケアして参りたいと思います。本当に申し訳ございません。

保護者2　すみません。個人的な意見で申し訳ないんですけれども。私もY中学校出身で、同級生から、全国から、連絡来てるんです。どうにかこの不名誉な、汚名を返上してください。お願いします。

今回のことって隠蔽ですよね？

保護者3　2年前にいらっしゃった校長先生は、今日この場にいらしてないんでしょうか？

校長　来ておりません。

保護者3　なんでですか？

校長　お気持ち、よく分かるんですけれども、今、本校の職員でないので、そのような状況にはならなかったです。申し訳ございません。

保護者3　今、教育委員会の相談役をされてるっていうことじゃないですか？

校長　そのところにつきまして、私どもの方からはお答えすることはできません。申し訳ございません。

保護者3　あと、「第三者委員会に調査を依頼します」って言ってますけど、本当に公平な立場の人が第三者委員会のメンバーなんでしょうか？　そのメンバーの人たちの名前って公表してもらえますか？

校長　第三者（委員会）の構成等につきましては、私どもで対応、お話しできる内容ではございませんので、教育委員会のほうでですね、しっかりとそのメンバーについては今後公表されるかどうかについてですね、今現在、お答えすることはできないのでお許しください。

保護者3　教育委員会のほうが選ぶ第三者委員会って、本当に公平な立場の人なんですよね？　今回のことって隠蔽ですよね？

校長　今回のですね、発生した事案については関係する保護者、そして教育委員会や警察とも2年前から対応しているということで確認してるんですけれども。そういう状況でございます。

保護者3　あと、先生たちの中でイジメの時のマニュアルとかあると思うんですけど、そのマニュアルが守られていたのか、守られていなかったのか、今の現在の、この時代にそぐわないようなマニュアルだったら改正したほうが良いと思うんですけど、その辺も検討していただきたいと思います。

校長　はい……「Y中学校いじめ防止に関する基本方針」に基づいてですね、しっかり対応できるように教職員の研修含めて、しっかりと取り組んで参りたいと思います。ありがとうございます。

保護者3　正直言って、もう、この学校に入学させたことを後悔しています。今さら転校したって「Y中から来たやつ」っていうレッテルを貼られるだけじゃないですか。その子どもと親の感情を分かってください。

校長　大変重く受け止めて、頑張って参ります。

保護者3　宜しくお願いします。

校長　ありがとうございます。

保護者4　具体的に、子どもの安全を守ってくださると話してたんですけど。ちょっと、その辺が詳しく分からなくて。何が危険なのか？　何から守らなければならないのかっていうところを、もうちょっと具体的に教えていただきたいっていうのが1点と、もう1個あるんですけど。上の子が卒業したんですけれども。今、ウチにいない子でも1つ上の学年、2つ上の学年の子たちが、こないだ同級生が加害者っていうことでインターネット上で騒がれている状況の中で、どのように説明を子どもにしたらいいか？　その辺をちょっと教えてください。

校長　まずはじめに、見守りにつきましては保護者の皆様が、可能な範囲でお子様が登校する際に家の外で見守っていただいたり、そういうような形で子どもたちが通学したりする時間帯や、もし可能であれば下校する時間帯とかに、お家のほうにいらっしゃることがございましたら、外に出て立ってるっていうことが、とても子どもたちが安心できると思いますので、このような形で、可能な範囲でお願いできればな、という風に思っております。

保護者4　誰から守るんですか？

校長　大人の目で、大人がそこに立っていてくださるっていうことが、それが子どもにとって「一番安心に繋がるな」という風に思っておりますので、少しでも多くの大人の皆様に見守られていると子どもたちが感じられるようなことが、子どもたちにとってはすごく不安を解消することの1つになっていくんではないかなという風に思いますので、可能な範囲で宜しくお願い致します。

保護者4　ごめんなさい。何か危険なことがあるかもしれないっていうことなんでしょうか？

校長　そのことにつきましては、声かけ事案とかですね、これまでも色々ある可能性は全部否定できないという風に思っておりますので、今現在もですね、学校のほうでも何かあったら困るということで、警察のほうにも依頼しているところでございます。

保護者4　はい。2つめのほうについて。

校長　はい。卒業されたお子様にどのようなお声をかけたらということでございます。卒業された……本当に、先ほどもございましたけれどもY中っていうことで、今、大変苦しい想いをされているのかなという風に思っておりますし、そのことを重く受け止めております。お子様には、Y中学校教職員……先ほどもありましたけれども、イジメ問題を含めまして、子どもが精神的にですね、安定し、そして、いつかまた「Y中学校」っていうことがですね、校訓にありますように「質実剛健」のようにですね、誇りに思ってもらえるような学校になるように教職員一同頑張って参りますので、「質実剛健」というこの校訓をですね、卒業したお子様たちにはですね、もう一度、「質実剛健」に頑張ってほしいということでお話ししていただければと思います。

子どもたちには話していない

保護者5　今回のこの件について、生徒たちには学校からどのように説明しているのでしょうか？　そして、私たちは子どもに質問された時に、何て答えればいいんでしょうか？　教えてください。

校長　今回の、この件につきましては……あの、先ほども申し上げましたように、今後、第三者（委員会）による調査によりまして学校の対応含めてですね、色んな面で明らかになったり、今後、学校としてどういう風にして、今回のことを受け止めて指導に活かしていかなければならないか検証されていきますので、そのことをしっかりと受け止めて参りたいと思っております。

保護者5　ちょっと分かりにくいです。もっと簡単に子どもたちが分かるように、どう学校で説明していただけるのか、具体的に教えていただきたいです。

校長　子どものほうにはですね、学校としてこの事案に関する詳細についてはお話しすることは現段階でできません。それで、先ほども申し上げましたように子どものほうにはですね、「自分の命を大切に。そして相手の命も大切に」というですね、そういう説明をして参りたいという風に思っております。

保護者5　じゃあ、私たちは子どもに「お母さん、今、学校では何があるの？」って言われた時に何て答えてあげればいいんでしょうか？

校長　お子様には、Y中学校のほうでは、何度も繰り返しになりますけれども「私も大切。あなたも大切」ということで子どもたちの、一人一人が人権を尊重できる……お子様のほうにはですね、本当に自分の命と同じように相手の命も自分の命と同じように大切にしてほしい、ということをお伝えいただければという風に思っております。

保護者6　言いたいことはたくさんあるんですけれども、まず第三者委員会の調査っていうのは、いつぐらいに終わるんでしょうか？　その結果は、保護者に真実を語ってもらえるんでしょうか？　宙ぶらりんのまま過ごさなきゃならない子どもたちと保護者は多いと思います。あと、もう来月、3年生は修学旅行の予定になっていますよね？　それは予定通り、行くんですか？　なんか、行ってほしいけど、心配です。Y中学校の名前がネット上で、バンバン出ている中でY中学校として行くということが、とっても不安です。そこで何かあったときに、どうしてくれるのかなとか。すごく不安な気持ちです。

校長　今、第三者（委員会）による調査に関わるお話がございましたけれども、このことにつきましては教育委員会議で対処方針を決定し、また、旭川市いじめ防止等対策委員会において取り組んでいくことになるという風に伺っておりますので。調査方法等の具体的なことにつきましては、調査する委員会が決定するということになると伺っておりますので、この場で私から申し上げられることはございません。

修学旅行のお話につきましては、子どもたちが安心して修学旅行に行けるように、何がどの部分を、子どもたちをしっかり旅行中に見守っていくために必要なのか、再度、学校としてしっかり考えて、安全な態勢で取り組めるように努めて参りたいという風に思っております。

保護者6　すみません。あともう1点。お願いというか、教育相談中なのは分かってるんですけれども、中学生の子どもって、先生にも言えない、親にも言えない、友達にも言えないことって、たぶんたくさんあると思うんですよね。そういう難しい年齢の子たちに対して、「何かあったら先生に言ったらいい」とか、「子どもが不安そう」とか、「ちょっと心配なことがあったら学校に言ってください」と、保護者の方たちに先生方が言っていましたが、スクールカウンセラーの相談を全員受けることはできないんでしょうか? なんか、本当はここで、1人10分とかかもしれないんですけど、そこでスクールカウンセラーの方が「この子はもうちょっと話したほうがいいな」とか、そういうことになったら別の日に時間を取って、もっと相談するとか話し合うとか。なんか、ちょっと言葉は悪いんですけど、先生だけでは不安です。なので、そういうことも検討していただきたいです。

校長　今いただきましたスクールカウンセラーとの面談につきましては検討させていただきます。ありがとうございます。

保護者7　今日、爆破予告が入っていたのは本当ですか？

（会場ざわつく）

校長　今、お話にありました爆破予告といいますか、そういうような愉快犯は市役所のほうに、そういう情報が入っていたということは聞いております。

保護者7　このようなご時世なので、子どもたちが簡単に色んな情報を入れることができて、それが本当なのか嘘なのか、今日分からないまま、不安を抱えたまま送り出しました、登校しました。なので、そういう（爆破予告の）事実があったのか、なかったのか。（爆破予告が）あったけど、（爆発物が校内にないか）ちゃんと確認をして大丈夫だったのか。不安なのでちょっと（登校）時間をずらしますとか、せっかくメールを登録しているのでご連絡いただきたいです。

校長　分かりました。警察、教育委員会と連携してですね、今回の、その送ってきた方が、今までも何回も送ってきている方だということで、今お話がありましたように、施設も一回全部ですね、点検していただいて安心だということで、そのまま対処させていただいております。

保護者7　では、そのことを、朝でもいいのでメールでお知らせください。

校長　はい。

保護者8　このたびの事件で、推薦が取れなくなったり……大変、個人的で申し訳ないんですけど、「Y中学校だから」っていう理由で推薦がダメになることとかはないんですか？

校長　それは絶対にないです。で、高校のほうにもですね、このことについては必ず本人と面談したり、本人を見て判断するということは、これは間違いないですので大丈夫です。

保護者8　ありがとうございます。

保護者9　今日、聞いていても校長先生はあんまり答えづらいようなんで、定期的にこういう会があるのかなと思ったんですけど、その辺はいかがなんでしょうか？

校長　定期的にという部分についてはですね、今現在ですね、検討はしておりませんが、何か、皆様全体にお伝えしなければならないような状況が出てきた場合には、何らかの方法でですね、しっかりと発信して参りたいという風に思います。

保護者9　何らかの方法っていうのが、例えば、子どもたちから聞く書面なのか、親だけにするものなのかっていうのが、なんかイマイチよく分からなくて。最終的にどういう結果が出たのかっていうのが、どこから教えてもらえるのか分からないので、その辺はっきりしてもらいたいなという気はするんですね。

校長　今おっしゃられた、第三者（委員会）による調査の結果等の報告等につきましてもですね、先ほど申し上げましたようにいじめ防止等対策委員会のほうで、すべて決まっていくことになりますので。学校のほうでですね、その結果について公表できるとか、そういうことについてですね、今現在、この場で私から申し上げられることはございませんので、申し訳ございません。

保護者10　学校側の対応がどうかっていう、教育委員会と連携しているっていうのは分かるんですけど。ウチの子たちはあまりネットっていうか、世間のことはあんまり気にするほうじゃないんですけど、携帯、スマホだったりタブレットだったりパソコンだったりっていう状態で、「まだY中がついてるよ」っていう状態から、どんどんどんどん情報が入っていて。私が教えなくてもネットで見て知っていくっていう中で、学校側は、今日のこの説明会があるまでの間に子どもたちには何を対応したんですか？　「連携して対応しています」「連携をしてこれからどうの」じゃなくて、今日この日までに学校側は子どもたちにどんな説明を、私たちにというより、当事者である子どもたちに対しては何の説明をして、どういう対応をしたのか？

校長　子どもたちを含めましてですね、この事案に関わるお話は、繰り返しになって申し訳ないんですけれども、これはもう公表はできないことになっておりますのでお話はしておりません。学校側が行っている対応は、警察と連携しながら登下校の時にですね、巡回をしていただくとかですね。安全安心に関わる部分の対応を行ってきているところでございます。

保護者10　ということは子どもたちは、真実がわからないネットだったり新聞だったりを見た情報だけで自分たちはザワザワザワザワしてて、結局、何があったのか本当のことがわからないまま過ごしてってていうことですよね。

校長　今、お話の中でございました、その具体的なことについてですね、そこのところはですね、その部分につきまして今後、第三者（委員会）による調査の中でしっかりと検証されていくという形になって参るという風に思っております。

保護者10　きちんと子どもたちが、しっかり大人を信用して嘘をつかない、隠さない。

何があって、自分たちがこういう対応をしました、と。それがたとえマズかったとしても、きちんと「こういうことで自分たちは間違ったんだ」。親としても、私も、「ママはこういうことでゴメンね。間違っちゃった」っていうのは、ちゃんと子どもたちには言うようにしてるので、嘘をつかないで子ども自身が大人を信用できるように、ちゃんと話をできるように対応していただきたいと思います。

校長　はい、分かりました。

報道されている通りとしたらすごく怖い

保護者11　今日はちょっと、あの、皆さんもそうだと思うんですけど、今の状況はとても心配だったので、「これはどういう状況なのかな」と思って来てみました。結局、単刀直入に申し上げると、ちょっと最初に私もＳＮＳの情報で知ったんですけど、すごくショックを受けて。恐らく、ウチの生徒かなと、ものすごくショックは受けたんだと思うんですけど。人の命が、亡くなっていることに対して、なんだろう、これからもこうやって、なんか覚悟が足りないような感じを受けました。

私たち親ももちろんそうなんですけど、こういったことが身近に感じてるかどうかもわからないけれども、ウチの子どもには初めてのことだったんですけど。同級生でちょっと聞いてみても、特に言いはしないんですけど、でもなんか、美術が好きで、学校で話したこともあったようなので、恐らく、ショックは受けていて。そういった状況のときに、ただ私たち親もそうだし、学校の先生もみんな覚悟を決めて対応しなければならないと思っています。で、その経緯も、インターネットのニュースの情報でしか知らないんですけれども、亡くなった子がどんな子なのかも私は知らないんですけれども……こういった状況をどこまで状況がわかってて、でも、どういうことをしたのか、もう少しお話しできることがないのかなっていう風に思ってここに来ました。

第三者委員会というのは、もちろんそういった、そういうこともちろん必要なのかもしれないですけれども、そういったことだけでも子どもたちには伝わらないと思うんです。で、今、こういう状況の中で、子どもたちは学校でどんな説明を受けているんだろうという風に心配していると思います。

ウチの娘は、「先生たちのことを信じてる」って言ってました。私も娘がそういう風に言ってるっていうことは、学校に普通にちゃんと行けるようにしてて、楽しく学校生活を送っているのかなという風に思いたいというか。説明を聞いていると、当たり障りがないような説明をしているように聞こえてしまって。かえって、説明会に来て不安が大きくなったような感じが今、思ってて。こういう時には子どもたちは本当にこういった状況、そのまま受け止めると思うんですよね。何か隠しているなとか、言えないことがあるのかなとか。率直に、正直な気持ちでというか、覚悟を決めて対応することを。どうなのかはちょっとわからないんですけど。でもやっぱり、こういった今の状況の中とか、覚悟を決めること……ちょっと上手く伝わってるか分からないんですけれども、そういう風に感じております。

なので、子どもたちには今の状況をキチッと説明してほしいと思います。そうでなければ、やっぱり噂が噂を呼ぶと思うんですけど、悪循環でこういったイジメとか噂とかなんか、ネットの情報を見て感じていることは、まだ知らない、学校と関係ない人たちには、言っていただきたい。そういったような形で、一個一個のイジメが、イジメにならないような。でも、感じている方も恐らくいるんじゃないかなと思うんですけど、こういう形になる。やっぱり、本当の本当で覚悟を決めて対応を進めて、子どもたちにもそういったことが伝わってしまうと思うので。そこが、とても心配していますので、宜しくお願いします。

保護者12 今回のことは、娘の在学中に起こっていたことで、地元のメディア誌で一度報じられたときに、娘にも確認したところ「学校ではそういう事実は一切ない」という説明だったし。娘はあんまり……正直全然分からなかったんですね、この事実が。

今回の報道で出たときに私としては、娘を通わせてたときに「こんなことがあったのか」と思って。恥ずかしい話なんですけれども全く知らなかったので、すごくショックを受けていたんですよね。まさか先生たちが報道されているように、もし本当にそのように対応されていたとしたら、すごく怖くなったし。ちょっとすごく本当に、言葉にならない。眠れなかったです。はい。ショックがすごく大きすぎて。どのような事実が、「ちょっとここでは答えられないのかな」という風に思うんですけれども。

やっぱり、それだけ衝撃が大きかったので、他の方もおっしゃってたように、この先、進学……今、高校に上がるときの推薦の話もありましたけど、大学ですとか就職ですとか、「そういうところに影響しないのかな」という心配も。もう卒業してしまっているので、その子たちのフォローっていうのは、もう今はたぶんここにいる子たちみたいには手厚くはしてもらえないので、「家で、話をしていくしかないのかなぁ」と思うんですけれども。上手く言えないんですけれど、衝撃を受けたっていうことが1つと。

あとは、今は、「他校と警察と連携して色々と協力してます」ということだったんですが、最初にこの件があった2年前の時に、他校の生徒も絡んでいたと思うんですけれども、その時に足並みを揃えて、市立の中学校なのに、「できなかったのかな?」っていうのが、ちょっと疑問に思っているところで。対応の仕方、といいますか。答えられないかもしれないんですけれども、そこに、やっぱり、「何があったのかな?」っていうのがすごく疑問に思ってるし。あと、やっぱり不信感に繋がるっていうのはあります。以上です。

校長 今、お話しいただきました、2年前のですね、本当に、当時の校長はですね、判断しながら対応したことが、そのことを含めてですね、今回の第三者による委員会の中で検証されて、その中で「何が問題であったのか」っていうことも含めて、説明させていただきましたけれども、その部分がきっと明らかになってくるかなという風に思います。そのことを踏まえましてですね、今、貴重なお話をいただきましたけれども、しっかりですね、信頼関係ができるようにですね、全職員で取り組んで参りたいという風に思いますので、本当にありがとうございます。

司会 他にはないですか?

保護者13 同じ質問になってしまうのかもしれませんが、報道されていることが事実なのか、過剰なんでしょうか? そこが知りたいんです。やはり子どもたちも、自分たちの目でもう、そういうものを全部確認しています。確認したところで、大人が言って、「何が響くのか?」っていうところも思います。自分の子どもに「お母さん、私、どうしたらいいの」って言われて……正直、悩みました。先生方が「命の大切さ」をおっしゃっています。「命の大切さ」はもちろんなんですけども、言葉の重みっていうことも子どもたちに伝えていってほしいかと思います。

取り方一つ、言い方一つ、捉え方一つ、全然違います。報道されている言葉が、先生が発した言葉が本当であれば、「ふざけんな」と思います。言葉が悪いですけども。でも、そういう言葉を発したからこういうことになったんじゃないでしょうか? ましてや、こうやって報道されてから動いてるようにしか見えません。それこそ2年前のことなので、後を振り返ることはできませんけども、じゃあ、その時にはどうしたんだろうか? じゃあ、今回報道されなかったら誰も何もしなかったのか? 自分の子どもが、ここの卒業生であり、私自身もここの卒業生であります。「言葉の重み」っていうのも考えていただけないでしょうか。

校長　ありがとうございます。「言葉の重み」につきましては本当に、重く、受け止めて参りたいという風に思っております。で、今回の報道に関わる部分ですけれども、当時の学校の対応に関わる部分の中で食い違っている点もあります。で、その部分も含めてですね、この後も第三者(委員会)による調査の中でですね、しっかり検証されていくという風に思ってております。

僕は涙が出た

司会　他にいらっしゃいますでしょうか？

保護者14　今日最初に報道にあったことに対しての説明をするという話で、開場しましたよね。ＳＮＳでの誹謗中傷。当然みんな、ＳＮＳも文春オンライン等も見ている。それに対しての説明なのかなと思っている部分もあれば、何の説明もないと。今日、文春オンラインにおぞましい……あのおぞましいものを見て、色んな内容を見て、僕は涙が出た！　この学校に子どもを通わせる親として、本当に大丈夫なのかと僕は思う。その中で、「第三者委員会、第三者委員会」……あの、おぞましい行為をイジメじゃなかったと判断している学校。この中途半端な説明会でどれだけみんなが納得しているんですかね。

僕は皆さんに聞いてみたい。「今日は何のためにここに来たのか」と思っていますよ。おぞましいことだ！　あれを見て見ぬフリできる先生たち。してないかもしれない。だけど、そのための説明会なんでしょうか？　それを説明するために、僕たち……親たちは、保護者たちは、この場にいる。「ちょっと聴こうかな」と思ったら、すぐ「第三者委員会。第三者委員会」。これは一切、ウチらの聴きたいことを聴けませんよ。悪いんであればキチッと記者会見して「イジメはなかった」と言えるぐらい胸張って言ってくださいよ。

教頭先生！　今日の文春オンライン、アレは人に聴かせられる話ですか？　「画像を返してください」と言ってるんですよ。生徒の画像を、教頭先生はこの中で撮ったそうじゃないですか？　これ、第三者委員会じゃないと分からないことなんでしょうか？　こういうのが分かるのか分からないのかの判断ぐらい、保護者の前で言ってくださいよ。「警察にどうしても、イジメという判断のために必要だ」と思うんだったら、そういったことも何一つ答えられないんですか？　僕たちは分かんないから文春オンラインに書いてあることを信じるしかないんですよ。そこの答えは「第三者委員会」って言ったって、もう何を言ってるの。何のために来てるのか、何の説明してるのか、はっきり言って、もう虫酸《むしず》が走ってますね。涙も出てきます。そこに対して教頭先生、どうなんでしょうか？　事実か、事実じゃないかぐらい、今回言えると思うんですよね。文春オンラインに出てるんだから。

じゃあ、教頭先生。僕、教頭先生にハッキリと言ってもらいたいんですよ。あれは児童ポルノだ。アメリカだったら、もうね、大変なことになりますよ。そんなところに皆さんのってくださって、だいぶ待ってんですよ。保護者は何も言えないじゃないですか。何か言ったら、内申書がある。何があったら何がある。正直、自分たちがどうなるっていうことぐらいは考えますよね。

今日、我々が、ここにやって来るのは覚悟を持って来ていると思いますよ、僕は。ある程度の覚悟で。もっともっと言いたいことがある人っていうのはたくさんいると思います。何一つ言わせないような雰囲気じゃないですか。これじゃあもう。「言っても意味がないな」と思わせるような説明会なんで、これは一体何なんでしょうか。別に僕は便乗しようとかなんとかっていうことを狙っているわけじゃないですよ。あまりにも、あまりにも、説明するには、もうほど遠い、説明会だと僕は思います。どうでしょうか、教頭先生。事実であるかないかぐらいは説明できるじゃないですか。皆さんも聴きたいんじゃないでしょうかね、そういったことをね。

保護者　聴きたい！

保護者14　イジメ被害をね、相談した人間の性器を自分のカメラで撮って……警察に提出はしたかもわからない。ましてや、「そういったものが警察にあるべきか」って親が聴きましたけども。保護者が聴いてる。それに対して発言すらできない。それで、ネットやなんかは誹謗中傷です。これは誹謗中傷なんでしょうか？　隠蔽じゃないですか？　隠蔽しようとしてるという話じゃないでしょうか？　余計なことは言いたくないですけども、ついつい、ね、僕も言ってしまいました。どうなんでしょう。結論も出ないんでしょうかね？　これだけの発言をするということは、僕も覚悟を持って言ってますよ。「あのお父さんは誰のお父さんだ？　何を言ってるんだ？」と言われることも覚悟で言ってますよ、こうなったら。あまりにも情けない……。もう、本当にもう、情けないっていうか、しょうがないってことですが。

保護者15　色々、ネット上で、同じことを拡散してて。子どもたちも、やっぱり、そういうのは全部分かってるんです。本当に。親が言わなくても、先生たちが言わなくても分かってて。結局、木曜日、金曜日、外でワーワー、スピーカーで「Y中学、悪い」とかなんとか「イジメだ」とかっていうそういうのが出て。喋ってて、それで先生方が窓を閉めるなりカーテンを閉めるなりをして。それを、やっぱり子どもが見てて「なんだろう？　なんで、あんなことを言ってんの？」っていう風な話も出て。

親としては、ウチはハッキリ言ってます。「こういうことがあって、イジメがあったんだ」っていうことは言ってるんです。それで、やっぱり、「イジメは良くない。絶対イジメては。そういう行為をしては絶対にいけない」。本当に何ていうかな、人をイジメるっていうことは本当に、自分が何か中傷的なことを人に言ったりなんかしたときにも、それはイジメですよね。結局。だから、そういうのは、もう絶対に許されないことで。色んなことが拡散して、結局、子どもたちが見るような、若い子たちが見るようなTikTokにも、20件以上、名前とか、加害者の名前とか、Y中のこととかがザーーーッと出るんですよ。20件も。出ちゃうんですよ、もう。

やっぱり、Y中だけじゃないんです。イジメたのは。他の中学校もイジメてるんですよ。なんでY中だけがこんなに出ちゃうのかなってていうのがあって。中には、お金で隠蔽？「警察とか教育委員会に隠蔽している」っていう噂もたくさん聴いてるんですよ。本当かどうか、事実かどうかは分かりませんけど。「旭川でも有数の会社の社長さんが口利いて」とかっていう話も出てるんですよね。

だから、やっぱり、そういうことを聴くと、「第三者委員会、第三者委員会」って言うんですけど、そこで果たしてこんなにイジメがあって、そういうことが本当にあって、「これからどうしようか」っていうのがハッキリしないと、本当に、子どもたちが本当に不安な状態で過ごさなきゃいけないっていうのは私もすごくなんかこう、ここを卒業していった人たちにも本当に申し訳ないような。もう、本当に申し訳ないですよね。もう、何を言われるか分からないんですもんね。

だから、私のところにも、他の県のほうの人からも「こんなことあったの?」っていう、そういう話も聞かされますし。だから、こういうことがあって、イジメがあって、「イジメがあった」っていうことが分からなきゃ本当に宙ぶらりんな状態ですよね。本当にね。だから、色々こうある中で、本当に何が正しいのか? 何が悪いのかっていうのをハッキリさせないと、本当にここにいる皆さんが納得できないと思うんですよね。その辺はしっかりキチッとしてほしいのと。

あと、それこそ今、週刊文春とかネットとかで拡散しているのが、「デート先生」って言われてる先生ですよね。ちょっと言い方が悪いんですけど。そしたら、やっぱり子どもたちも「デート先生、デート先生」って言うんですよ。だから、「それは良くないよ」とは私は言ってます。でも、それで私は小耳に挟んだんですけど、先生が、何ていうかな、相談を受けたときに「今日、私、デートですから」って。「彼氏とデートなので」っていうのを「明日にしてもらえませんか?」っていうのが週刊文春とか色々なのに出てますよね? ネットとかにね。そういうのはちょっと私としては信じがたいんですよね。

そういうことを言って、イジメのことを、「イジメられてるから」っていう相談を断ったっていうのは完全にヒドい話ですよね。本当であれば。私、本当に聴きたいんです。言った先生に。「本当に言ったんですか？」って。で、ちょっと私も小耳に挟んだ話なんですけど、本当か嘘か知らないんですけど、先生がお友達に送ったＬＩＮＥで「今日なんか生徒の親から相談されたけど彼氏とデートだから断った」っていう話をちょっとチラッと聞いたんですよ。

それで、ちょっと本当に、腹が立ちましたね。そういうのを聴いて。「いい加減にしてほしい」と思いました。相談してるのに、それを無視して「明日でいいですか？」っていうこと自体がちょっと「おかしいな」っていう気持ちですね。だから、もう、そういうのもハッキリと「本当に言ったのか、言わないのか」っていうこともハッキリ、全部してほしいです。以上です。

校長　今あったお話とかですね、本当にこの場でですね、お答えできないことは本当に心苦しいですけれども。その、先ほどから申してることしか、私どものお話しできないような状況となっておりますので本当に申し訳ございません。

お悔やみの気持ちが伝わらない

司会　他にありますか？

保護者16　すみません。担任の先生も今言われている先生、1年生のときからずっと持っていただいて。私が、その情報を知る前に、もう子どもは既にネットで見てしまっていて。でも、私に一言、私がまだ記事を見る前に一言、言ったのが「真実と、真実じゃない部分とどちらもあるんじゃないか」って。私は、「実際に接している先生を信じたい」って言ったんですよね。色々こう、そういう調査委員会とかが入って、やっぱり「言った、言わない」とか、そういうことを公にできない、言えないっていうことは分かるんですよね。子どももちろん信じてるので、そういう細かいことではなくても、「私を信じて」って。「学校を信じてください」っていう一言が欲しいかなって思うんですよね。

この学校を信じて、そして今いるメンバーでみんなで卒業式を迎えたいって、きっと子どもたちもみんな思っているようなんですよね。なので、詳細じゃなくても、「信じてください」っていう気持ちが子どもたちに伝わると、子どもたちも、このネット社会だけどもやっぱり、それに流されないで、ちゃんと自分が信じる気持ちを持つっていうことを大事にするんじゃないかなって思うんですよね。そういうように接してもらえたらなと思います。

校長　ありがとうございます。もう、各学年で、学年集会を色々やらせていただきまして、今の部分ですね、「学校を信じてほしい」っていうことと、卒業まで一人一人のことは大事に育んで参りますので、ご協力を宜しくお願い致します。

保護者17　すみません。マイクの音量を上げてもらえないでしょうか。聞こえないです！

保護者18　2年前にイジメられたこと、その時に、2年前の話にはなるんですけども、「メディアあさひかわ」に載ったときに、もっと説明っていうのが必要だったんじゃないかなと思います。子どもに確認したところ、少しだけ先生方が話しただけで、あとはもう説明がなかったと私は聞いています。もし、「メディアあさひかわ」に載ったことを親が知らなかった場合、本当に、こういう事実があったことすら知らない。ケガ人も出てない、という状況だったんですよね？　今、取り沙汰されてワーワー言われて、こういう風に保護者を呼んでっていうことだと思うんですけども。その説明がなく、その子も違う学校に転校してましたよね。その後も転校したから知らないのかなっていう。

その子の命っていうんですか。亡くなったことを知ったときに、誰か、Y中学校から、お線香をあげにいったりしたんですかね？　私は来てないって聞いてます。一番最初に「お悔やみを申し上げます」と言ってますけど、全然、伝わらない。一番に駆けつけなきゃいけないんじゃないですかね？　子どもが学校にいたときに、そういうイジメがあったんだったら。いくら学校が変わったからって、責任がない、なしにはならないと思うんです。

でも、結局は変なことを言えないから、「コメントは差し控えて」って言ってますけど、みんな、今来て、立っている保護者の方は、誰も納得してない。だって、同じことしか言ってないもん。

上の子たちも高校生です。「え？　Y中学校出身だよね？　どうなの？　あの時、学校にいたんでしょ」って聞かれてます。どこに行っても「Y中出身だって言うのが恥ずかしい」って言ってます。今、在学中の生徒ばっかりじゃなくって、本当に卒業生も本当に迷惑しています。学校側の対応に。

私も、Y中学校出身なんです。旭川のほうでY中学がこういうことになっちゃって恥ずかしい。私のときもイジメとかありましたけども、すごく担任の先生がもっとシビアに動いていました。正直、今、先生方は、「こうします。ああします」って聞きますけど、そういう風に対応しているように見えない。そんなんでみんなが納得するわけないじゃない。もう同じことしか言わないから帰られたお父さん方、お母さん方、いると思いますけど。もうちょっと伝わるような言い方を。もう時間がダラダラしてもしょうがないので。学校側がちゃんと伝わるような説明を最後していただきたいなと思います。

校長　今、本当にいただきましたけれども、イジメは絶対に許されないっていうこと。そして、早期発見、早期解決に努めること。「イジメられている」と相談のあった保護者にもしっかりと寄り添って、今後、対応して参ります。ありがとうございます。

「私は法に反する行動はしていない」

司会　他にありますか?

保護者19　すみません。今日、校長先生しか発言しちゃいけないんでしょうか?

校長　いや、あの、代表してやらせていただいております。

保護者19　でも、保護者も、みんなそれぞれ話していますよね。

校長　はい。

保護者19　で、あれば、他の意見も聞きたいんですけれども。それこそ、先ほども教頭先生に声かけられましたし。その時の担任の先生にも声をかけられましたし。発言はいただけないんでしょうか?

校長　それは可能です。

保護者19　お願いします。

教頭　私のほうからお話しできることは、えー、第三者委員会の、何回も繰り返しになりますが、ここでは私が言うことはすべてお控えさせていただきたいと思います。一つだけ、今回の報道等に関することは、個別の案件に関わることがありますので、お話しすることができませんが、私自身は、法に反する行動はしていない、ということだけはお伝えさせていただきたいと思います。この後、捜査のことは、何ができるかわかりませんけども、しっかりと対応していきたいと思っております。私からは以上です。現段階ではお話しできるのはこれだけです。

司会　次に、ＰＴＡ会長の××様より、今からご挨拶を。

ＰＴＡ会長　皆様、本日は、緊急で説明会にお集まりいただきまして誠にありがとうございます。私も、どういうことか本当に分からないんですけれども、緊急っていうことで、ご質問の中にもあった通り、説明する側にも本当に覚悟が足りない会になってしまったのかなと、今、誠に思っております。お話しできることと、できないことも今調査の段階になってしまったので、そういうことが急になってしまったのかなという風にも受け止めております。繰り返し、次回や定期的なのか、そういうことは、「いつ」ということはお約束ができませんが、私のほうからも学校側には説明責任を果たしてほしいということは、これから提言していきたいと思っております。せっかくご足労をいただいたのに、ハッキリしない内容になったことは本当に申し訳ないんですけども、どうかこれからも冷静にご判断いただいて、子どもたちの安全安心を第一に行動していただければなと切に願います。本日はどうもお集まりいただきましてありがとうございました。

司会　以上をもちまして、本日の説明会を終了させていただきます。遅い時間にお集まりいただきましたことを深々と御礼を申し上げます。お帰りの際は気をつけてお帰りください。

イジメを受ける前、小学校高学年のときに爽彩さんが描いた1枚。「詳しく本人に聞いたことはないのですが、左下の線が街並みにも心電図の波にも見えました」（母）

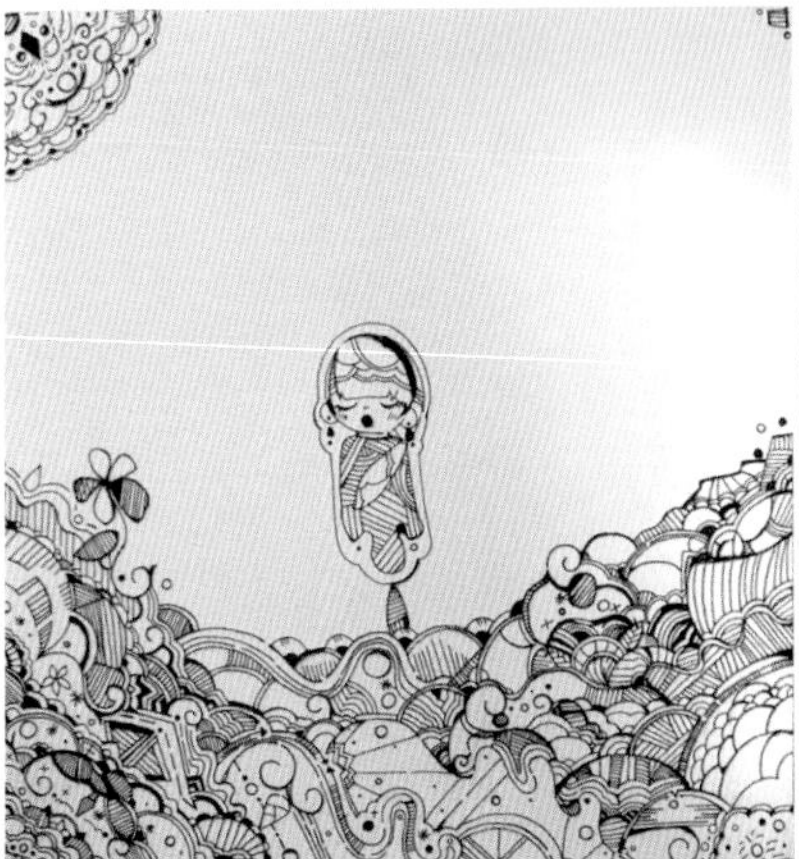

イジメを受けた後の絵はがらりと変わった。ほとんど1日で描いていたという。

〔左〕小学校の入学式でピースサインする爽彩さん。母親にしてもらったヘアセットで、うれしそうにカメラを見つめていた。小学校が大好きでインフルエンザで休んだ以外は皆勤賞だった〔下〕6歳で七五三の撮影。「この着物はピンクとチェックが気に入って、本人が選んだ思い出があります」(母)

保育園の年中ごろ、
運動会のお遊戯で。
「運動が苦手な爽彩
でしたが、できるまで
練習して、努力する
子でした」(母)

保育園の卒園式では、将来の夢を聞かれ
「キラキラしていて綺麗だから宝石屋さんの
社長になります」と答えて周囲を笑わせた

〔上〕ベビードレスに身を包んだお宮参りの時の爽彩さん。「小さい頃は男の子のような顔だったのでピンクではなく黄色を選びました」（母）　〔右〕1歳の誕生日につかまり立ち。「この後すぐに歩き始めました」（同前）

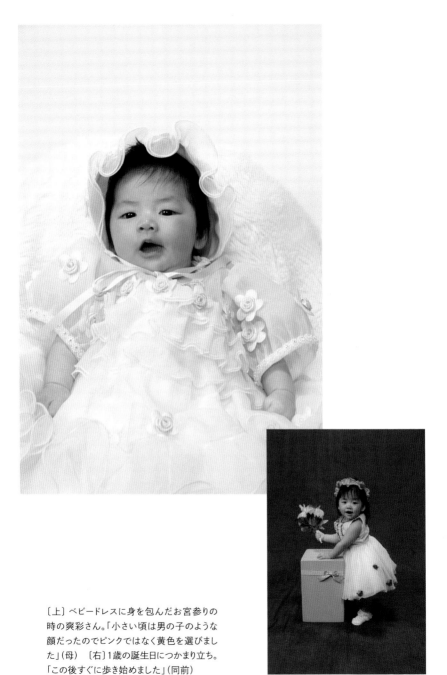

次ページからの手記
は最後のページから
お読みください

母の手記

「爽彩へ」

爽彩、覚えていますか？　爽彩がまだ小学校5、6年生の頃。ママは仕事で忙しくて、悩んで病気になってしまったとき、布団にこもって「死にたい」とずっと泣いていたら、横に来てくれて「ママ、そんなに死にたいなら爽彩が一緒に死んであげる。大丈夫だよ、爽彩はママを一人にしないから」って言いながら、ただ、ただ、私の頭を撫でてくれた日のことを。

私はふと我に返り、娘に何て悲しいことを言わせてしまったんだろうと悔やみました。「もう絶対言わないからね」と謝ったら、「何が辛いの？　仕事辞めていいよ。爽彩、我慢するから。何も買ってって言わないから」と、私を思いやってくれたね。

そこからママは立ち直ったのですが、今でもずっとそのことを後悔しています。あのとき、小さかった爽彩は「ママを一人にしない」と言ってくれたのに、私は爽彩を守ってあげられませんでした。爽彩、ごめんなさい。爽彩、ママが行くまで待っててね。ママも方向音痴だから、ちゃんと案内してね。ママのところに生まれてきてくれてありがとう——。

絵を描くのが大好きな子

爽彩は2006年9月5日に旭川で生まれました。結婚して20歳の時の出産で、陣痛が始まって48時間、病院に着いてからも一睡もできず、丸2日かかった難産でした。予定日よりも5日ほど遅れて生まれた爽彩は体重3384グラムの元気な女の子で、新生児室に並んでいる他の子よりも一回り大きかったです。もともとは別の名前を考えていたのですが、生まれたばかりの爽彩を見て、私と同じ「さ」から始まる名前にしようと思い直して、入院中に「爽彩」と名付けました。

初めての子ということもあって、育児本では2時間おきに赤ちゃんは泣くって書いてあったのに、ミルクをあげても抱っこしても爽彩は30分おきに泣く、全然寝ない子でした。歩くのも嫌いでやっと歩けるようになったと思ったら、今度は転んだままのポーズでずっと固まっている。「爽彩、自分で立ちなさい」と言っても絶対自分で立たない。誰かが起き上がらせてくれるまで、ずっとその姿勢で待っているような子でした。

お昼寝もあまりしない子で、3歳くらいまで夜泣きも続きました。揺れが心地よかったのか、車に乗せるとすぐに寝てくれたので、爽彩が深夜1時くらいまで泣いてぐずる日は、アパートの人たちに迷惑になってしまうので、ミルクとお湯の入った水筒、オムツを

持って、真夜中にドライブをすることが日課になっていました。チャイルドシートに爽彩を寝かせて、行く当てもなく近所をぐるぐる回るのです。すると、10分くらいで寝てしまう。でも、寝たと思って降ろそうとすると起きてしまうから、車を駐車場に停めて爽彩に毛布を掛けてエンジンをかけたまま、よく朝まで二人で寝ていました。

爽彩が3歳になった頃に私は離婚し、シングルマザーとしての子育てが始まりました。よく女の子は喋り出すのが早いって言われていたんですけど、爽彩は言葉が出るようになるのがすごく遅くて、話してもやっと一言といった感じでした。3歳になっても、やっぱり片言しか話せず、とても不安でした。

それが突然、お絵かきするときに、教えたわけじゃないのに自分の名前をひらがなで初めて書いたんです。もしかしてと思って、爽彩に携帯電話を渡したらメールで「おなかすいた」とか「ぱんたべたい」と言葉を書くのです。あまり喋ることは得意じゃないけど、メールだと全部伝えてくれる。それ以来、爽彩は私の母とも直接メールで会話をするようになって、本当に驚きました。

3歳でオムツを卒業した時のこともよく覚えています。一度もトイレトレーニングをしたことがなくて、保育園に通う前に普通のパンツを一緒に買いに行って、どのパンツが欲しいか聞いたら、彼女は「プリキュア」のパンツを選びました。

「これはおしっことかうんちを漏らしたらポイしなきゃいけないよ。

でもトイレでできたら洗濯してもう1回使えるよ」って話をしたら、「わかった」と言って、その日にオムツが取れました。保育園に通うようになって、徐々に言葉も喋れるようになっていきました。

その頃には、よくイタズラをするようになっていました。今でも忘れられない爽彩らしい思い出のイタズラがあります。

当時、住んでいたマンションは1階にゴミ捨て場があり、私がゴミを捨てに行って帰って来たら玄関の鍵が閉まっていたんです。鍵を部屋に置いたまま出てしまったので、部屋に入れず、ドアに向かって「爽彩、開けて！」って言ったら、まだ片言しか喋れなかった爽彩が玄関の内側から「あいしゅ」って言うんです。

「あいしゅって何？　アイスを買って来てってこと？　ママはお財布持ってないからアイス買えないよ」

って言ったら、少しだけドアが開いて、その隙間から私の財布だけ出して、すぐにドアは閉まってしまいました。仕方なくアイスを買って帰ったら、玄関の鍵を開けてくれたんです。あれは遊んでいて偶然、鍵を閉めたわけじゃなくて、完全に確信犯だったと思います。当時このイタズラの話を友達として大笑いしたことを思い出します。

亡くなる前までは、いつも部屋で絵を描いていた爽彩ですが、物心ついたときから絵を描くことが大好きな子でした。夜に一緒に寝て、起きても隣に爽彩がいない。部屋も静かで、捜すと別の部

屋で黙々と絵を描いている爽彩がいました。

イタズラ心もあって、クレヨンにマジック、ボールペンなど色々なペンを使って、テレビ、ソファー、壁、床、戸棚など、爽彩の絵が描かれてないところはないくらい部屋中に落書きされていました。私が「ダメでしょ」って注意したら、今度は押し入れの中にこもって、内側に絵を描くんです。机の上に紙を置いて「ここに描くんだよ」って言ってもどんどん紙からはみ出して、テーブルに描いてしまう。その頃の絵は何を描いているのかわからない形で、壁一面に描かれたときは驚きましたけど、二面三面と増えてきたら、「好きに描いたらいいよ」という気持ちになっていました。引っ越しのときは壁と床をすべて張り替えすることになり、修繕費も高かったんですけど、爽彩らしいいい思い出です。

保育園の親子遠足で旭山動物園に行ったときは大変でした。友達は誰もベビーカーに乗っていないのに、年長の爽彩は「ベビーカーじゃないといやだ」と言い出したのです。一度、言い出したら聞かない子で、当時、爽彩は5歳で体重も17キロくらいはあったのですが、仕方なくベビーカーで向かいました。爽彩は楽しそうにしていましたが、旭山動物園は山にあって、結構急な坂が多いので、私はすごく大変でした。

爽彩に「どこに見に行きたい?」って聞いたら「キリンさん」って言うんですけど、キリンの場所は入り口から離れた山の上で、

汗だくになりながらベビーカーを押しました。「次は何を見る?」って聞いたら、入り口のところにあった「飴細工屋さんに行きたい」って言うんです。それでまたスタート地点に戻って、飴細工屋さんでうさぎの飴を作ってもらいました。しばらくして今度は、まだ午前中なのに「お弁当食べる」と言い出して。「まだお弁当の時間じゃないから」と言っても泣いて駄々をこねて、見兼ねた先生に「爽彩ちゃんいいよ、先にお弁当食べてて」って言ってもらい、誰もまだ食べてないのにレジャーシートを敷いて遠足なのに2人だけでお弁当を食べた。そのことを昨日のように思い出します。

爽彩が生まれてから、多くの写真を撮ってきました。私自身の子どもの頃の写真は七五三のときのものくらいしかなくて、友達は生まれたときや1歳のお誕生日などたくさんの写真を撮っていたのが、とてもうらやましかったのです。そんな思いもあり、「自分に子どもができたら、いっぱい写真を撮ってあげよう」とずっと思っていて、爽彩が生まれてからは、お宮参り、生後100日、ハーフバースデーと節目の時期が来る度に写真館へ行き、写真を撮ってもらっていました。生後8カ月の記念写真まで撮ってもらいました。

でも、6歳ぐらいの時だったでしょうか。本人が写真を撮られるのを嫌がってしまって。無理矢理は写真館に連れていけないから、そこで記念撮影のラッシュは終了に。あの時撮った写真は、爽彩の結婚式に、スライドショーにでもして流せたらいいなと思っ

ていましたが、結局、その希望はかないませんでした。でも、爽彩のお葬式であの時の写真をスライドで流してあげることはできました。

小学校に入学すると、休み時間は校長室で大好きな校長先生と遊んでいました。1年生のとき、私が仕事に向かってるときに学校から「すいません、爽彩さんがまだ学校に来てません」と連絡があり、私が爽彩を捜しに行くと校長先生が「お仕事ですよね、爽彩ちゃんは捜しておきます。しばらく捜して見つからなかったらお母さんを呼びますね」と言っていただいて、その後すぐに「公園で遊んでいました」と電話がかかってきました。帰りに学校へ迎えに行って校長先生に謝ると、「いいの、いいの。だって遊びたかったんだもんね、爽彩ちゃん」と、とても親身になっていただきました。すごく優しく、信頼できる校長先生で「爽彩はどこか変ですかね？　病院へ行った方がいいでしょうか」と、何度か校長先生に相談したこともあったのですが、「色んな子がいるから良いじゃない。病院は行く必要ないんじゃない？　爽彩ちゃんは勉強に遅れもないし、こんなに可愛い子なんだから」と助言をいただきました。

その校長先生が定年でいなくなってしまうとき、爽彩は「学校には行かない。絶対に行かない」と、号泣しました。それぐらい校長先生のことが大好きでした。

それからもインフルエンザ以外で学校を休んだことがないくらい、学校が大好きな子で、ほとんど皆勤賞でした。

学校が好きなあまり、低学年の頃、爽彩が相手の男の子に軽いケガをさせてしまったことがあります。決められた「集団登校の日」以外は1人で通学するんですけど、1人通学のときは早く学校に行きたくて、朝早くに家を出て、学校の玄関が開く前にもう並んで待っているんです。そのときに、同級生の男の子に割り込まれたみたいで、「ダメだよ、後ろに並ばないと」と注意したら、その男の子が怒って爽彩の給食袋を破ってしまったんです。

そのアンパンマンの給食袋は私が縫ったもので、彼女にとってはすごくショックだったようです。爽彩は男の子にやり返して、叩いてしまい、相手の肩が少し赤くなってしまいました。爽彩にとっては給食袋を破かれたことが許せなかったようですが、それでも「ケガをさせた方が悪い。絶対にちゃんと謝らないとダメ」と私は叱りました。そのとき爽彩は泣いて震えながら、「ママが仕事終わって寝ないで作ってくれたやつなんだよ」と言っていました。

私が好きだから、爽彩の好みも聞かないでアンパンマンがプリントされたピンクの布で給食袋を縫い上げた。「こんなの好きじゃない」って爽彩は言っていたのに……。その給食袋は小学校を卒業するまで6年間も大事に使ってくれました。

爽彩が小学校4年生のとき、私たち親子にとって大きな出来事

がありました。

ある日、爽彩が学校から泣いて帰ってきたことがあって。担任の先生に理由を聞いたら、学芸会の演劇の総練習のときにみんながステージ裏で喋っていて、先生が注意しても静かにならないから、「もう劇には出しません。みんなで謝りに来なさい」と、怒ったそうです。そのときに、クラスのみんなは先生に謝りに行ったけど、爽彩は1人だけ謝りに行かなかったそうです。

次の日、先生に「なんで謝りに来なかったのか?」と聞かれて、爽彩は「周りの子が喋っていたけど、自分は喋ってないから」と答えた。それでも先生は、爽彩が謝るべきだということを説いたそうですが、あの子は決して謝らなかったそうです。それで、爽彩はその日「先生に怒られた」と泣いて帰ってきた。先生からは「これだけ話して謝らないのはおかしい」と言われ、病院へ行くことを勧められました。

先生にそう言われて、思い当たることがいくつかありました。小さい頃に通学の途中で突然遊び始めてしまうとか、言葉の綾で「もうしなくていいよ」って叱ると、本当に何もしなくなって、そのままの言葉を受け取っちゃう。そんなことがよくあったのです。もしかしたら、これはお医者さんに診てもらう必要があるのかと思い、爽彩と病院の小児科へ行ったら、先生から「発達障害で間違いない」という診断を受けました。

当時から、爽彩は大人びた喋り方をする子でした。子どもなのに大人に対して「つまり、こういったことですよね」と言ったり、「シェイクスピアの本の中でこういう文言があったので……」と、自分の好きな話になると、一方的に話し続けてしまう。専門の病院でWISC検査や脳波の検査をしたら、「IQが人より高いけど、不得意な部分は平均的な人程度まで急激に落ちてしまう。その落差が本人の苦手意識に繋がってしまう」とのことでした。

爽彩が診断された病名は「自閉スペクトラム症」です。子どもの約20人に1人が自閉スペクトラム症と診断されているといわれます。原因は不明で、生まれつきの脳機能の異常によるものと考えられるそうです。

爽彩は「自閉スペクトラム症」の中でも、「アスペルガー症候群」でした。コミュニケーションが苦手で、こだわりが強いのが特徴です。

例えば、病院の検査で「悪いことをしたら牢屋に入るのは何でですか?」と質問されたとする。一般的な小学生なら「反省するため」だったり、「悪いことをしたから」という回答になると思うのですが、爽彩は「刑法に違反したからです」と答えてしまう。次に「刑法に違反したらどうして牢屋に入るの?」と質問されたら、「禁固刑がついたから」と。解答としては論理的には間違ってはいないんですけど、爽彩は「道徳」のような答えがないものについて

考えることが苦手で、すごく苦労していました。

　自閉スペクトラム症と診断された後は、爽彩は「自分のルールの中で生きる人」なのだということを病院の先生に説明されました。自分のルールに外れたことが起きると対応できないので、イライラを抑える軽いお薬を毎日一錠だけ飲んで、病院に通い、ソーシャルスキルトレーニング（社会で人と人とが関わりながら生きていくために欠かせないスキル）を学校と病院で始めました。

　例えば、人にぶつかって相手が転んでしまった時に、「ごめんね」と謝るという場合でも、爽彩の場合は、わざとやったわけでなければ絶対に謝らないのです。「ごめんなさい」を言うタイミングが難しくて、できないっていうのが結構ありました。

　物を貰ったら、受け取る時に「ありがとう」って言いましょうとか、ごく普通のことを1つずつ教えていきました。学校でも普段はみんなと同じ交流学級にいましたが、道徳の時間だけは、特別支援の学級に行ってソーシャルスキルトレーニングをしていました。

　それでも爽彩は活発な性格で、4年生の頃には「塾に行きたい」と言い出しました。塾に通い始めるとすごく楽しそうにしていて、当時の塾長は爽彩に発達障害があることに関しても何も言わず、「良いんじゃないか」って言っていただいていたんです。その後、塾長が別の人に変わってから「発達障害の子は引き受けられない」と言われて、退塾になってしまいました。

その時、爽彩はずっと泣いていました。小学5、6年生くらいのとき、爽彩は「もうやだ！　こんな病気やだ！」と取り乱したことがありました。「病気を治して！　治して！」と、私に強く訴えたこともあります。

私は、「爽彩の病気は治るものじゃないんだよ。すべての人が爽彩の発達障害というものに理解を示すわけじゃないの。でも、爽彩はその世界で生きていかなくちゃいけないの」と彼女に本当のことを話しました。すると、爽彩は「中学受験がしたい」と言いました。

私は、爽彩の志望していた中学校の説明会に行きました。しかし、特別支援学級がないから発達障害の生徒は受け入れていないということでした。それでも私は受験に対応している塾を探して、入塾テストを受けてみたのです。すると塾も「この点数だったら全然余裕ですね」って言ってくれたんですけど、結局、発達障害が理解されなくて、その塾もクビみたいな形になってしまいました。

爽彩はテキストなどが順番通り進まないと、嫌になってしまうことがあったんです。先生が進行状況を考慮して、「この部分は飛ばします」と省略しようとすると、「何で飛ばすんですか?」と食って掛かる。授業の妨げになってしまうことが多くあったようです。

塾はクビになったけど本人は「落ちてもいいから受験したい」と

言い始めました。私は「入試に落ちても泣かない?　傷つかない?」と確認したら、「落ちてもいいの。落ちたら高校は札幌で一番の高校か旭川で一番の高校に行くから。でも受験はしてみたい」と言うので、爽彩が納得できるならと受験をさせました。

試験科目は筆記と面接で、結果は不合格でした。爽彩はショックを受けている感じもなく、普通に受け入れたようでした。そして、地元のY中学校に入学することになったのです。

イジメを受ける前と後では別人のように変わってしまった爽彩ですが、中学校に入る前は活発な子でした。目立ちたがり屋で、学芸会も主役じゃないと嫌で自ら立候補するくらいに積極的で、4月に中学校に入ってからは早速、学年委員長と学級副委員長をやることになったと言っていました。

「1年生は生徒会がないけど2、3年生は生徒会があるから生徒会に入りたい」と張り切っていたのを思い出します。本人の希望で特別支援学級には属さず、交流学級で先生たちのフォローを受けながら頑張りたいということで、本人も気を張っていたんです。

自閉スペクトラム症の特徴で相手の感情を読み取るのが極端に苦手なので、クラスメイトの冗談が分からなかったりとか、友達の考えていることが分からなかったりとかで、学校で不機嫌になったり、泣いてしまったりすることがありました。

爽彩は「クラスのみんなとあんまり仲良くなれない」ととても気

にしていました。授業中に自閉スペクトラム症の薬の影響でウトウトしてしまった時、帰りの会で担任の先生に「爽彩ちゃんなんで寝ちゃうの?」と注意されて、「お薬を飲んでるからです」と答えたこともあったそうです。

「何の薬? 何の病気なの?」と、みんなの前で聞かれて、爽彩は何も答えずに帰ってきました。担任の先生から連絡があり、「病名を言わないで帰ってしまった」と怒っていたので、私は「小学校からの引き継ぎ書を見てないんですか?」と指摘したら、見ていないという返答。爽彩の持病についての引き継ぎがうまく行われていなかったようでした。

爽彩は担任の先生やクラスのみんなに自分が障害を持っていることを理解してもらって、もっと仲良くしてもらいたいと思い、「自分の障害をみんなに話したいです」と先生に頼んだそうです。でも、担任の先生に断られてしまったそうです。私からも再度先生にお願いしたら、「教頭とも話し合ったんですけど、障害をみんなに話すことは差別に繋がるためできません」と断られ、私は「差別に繋がらないために説明をさせてほしい。こういう障害を持っているということが差別にならないように、こういう子もいるんだっていうことをみんなに知ってほしいんです。爽彩はホームルームの時間の1分でも2分でもいいからと言っているので、話させてあげてほしい。爽彩は1人でも理解してくれる人がいたらうれしいって

言っています」と何度もお願いしましたが、受け入れてはもらえませんでした。

爽彩の行動がおかしくなったのは4月の後半くらいだったと思います。大好きで今までサボったことがなかった塾から「来てない」という電話があったり、家に帰ってくる時間も遅くなりました。心配になって担任の先生に「イジメられたりしていませんか?」と電話で相談しましたが、その日のうちに連絡があり、「ないですよ」ということでした。ナイフや目がついている絵を描いていたのはこの頃で、私が「怖くて気持ち悪いからやめて」と言うと、「そうかな?　どれが?」って。これらの行動は、今までの自閉スペクトラム症によって引き起こされるパニック的な状態とは明らかに違うものでした。

その後、5月の連休の真夜中に爽彩が誰かに呼び出されて、相当なパニックを起こして泣いて「絶対行かなきゃいけない」と慌てた様子で言うので、無理矢理止めたこともありました。爽彩の今まで見たことのない怯え方に、これは明らかにおかしいと思い、一連の出来事を改めて担任の先生に連絡しても、あまり相手にされませんでした。これは後に爽彩から聞いたのですが、イジメの件で担任に相談していて、「イジメてきてる先輩の名前は本人には言わないでほしい」ってお願いしたのですが、先生はその日のうちにイジメた生徒に話してしまい、爽彩はその先輩に呼び出し

を受けたそうです。

それから爽彩は初めて「死にたい」と言うようになったんです。理由を聞くと、「何もかも嫌になっちゃった」と話すので「イジメられてるんじゃないの?」と尋ねると「大丈夫。死にたいなって思っただけ」と、本当のことは話してくれませんでした。学校には何度も相談しましたが、「何もないですよ。家庭に何か問題ありませんか」という返答で、そのあたりから爽彩は「具合が悪い」とか「お腹が痛い」「頭が痛い」と言って学校を休むことが多くなっていきました。今、考えると、その頃にはもう、深刻なイジメに遭っていたのです。

2019年6月22日。爽彩が受けていたイジメのことを私が知ることになった日です。

夕方頃、学校から「××××公園のウッペツ川まで来られますか。爽彩ちゃんから助けてという電話がありました。川に飛び込んだようなので来てください」という電話がありました。

雨が降っていて、私はタオルを持って急いで公園に向かいました。到着すると、足が川に入った状態で「もういいー」と泣いて叫んでパニックになっている爽彩がいました。すると、何人かの中学生や小学生たちが私のもとに集まって、慌てた様子で「爽彩ちゃんのお母さん?　爽彩ちゃんは障害あるんでしょ。爽彩ちゃんの体育座りを真似してふざけてたらパニックを起こして川に飛び込

んだ」と説明してきました。私は「体育座りをしてふざけたくらいで爽彩はパニックを起こさないよ。その程度で川に飛び込むってことはないんだけど、その前に何かなかった?」と聞くと、一瞬のうちに子どもたちが私から離れていきました。仲間内でコソコソ喋って、子どもたちは警察の方へ行きました。私は川に降りて爽彩のもとへ行こうと思ったのですが、警察に危ないからと止められて。待っていたら、年配の女性が近づいてきて、「私は川の向こう側に住んでいるんだけど、あれはきっとイジメだったと思うよ。ずっと見ていたんだけど、携帯を向けてカメラで撮っている子もいた」ということを教えていただきました。その方が警察にも通報してくれたそうです。

警察が私の方に来て、「爽彩さんは家に帰りたくないと言っているから、このまま、まずは病院へ連れて行きます。お母さんも別の車で来てください」といわれ、爽彩はパトカーで病院へ向かいました。

お医者さんの診断で爽彩は精神科に入院することになりました。携帯を持って入院はできないので、私が爽彩の携帯を受け取り、帰宅しました。夜になって、ふと違和感を感じたのです。子どもたちは「爽彩ちゃんの親友です」「友達です」と言っていたけど、誰からも「大丈夫?」と心配する電話や LINE が来ない。爽彩が入院したことは彼らは知らないので、本当の友達だっ

たら爽彩に連絡があるはずです。これはおかしいと思い、爽彩の携帯の LINE を開いたら、信じられないイジメのやり取りが残されていたのです。内容は報道されている通りです。改めて私の口から申し上げるのは辛すぎるほどひどい内容でした。

4月から抱いていた不安もあって、真夜中でしたけど、居ても立ってもいられなくて、川へ飛び込んだときに来てくれた交番へ携帯を持って駆け込みました。

「こんな LINE が出てきたんですけど、これはイジメじゃないですか」と話したら、交番の人が「明日の朝、警察署に戻るので、引き継ぎの時に伝えておきます。少年係宛に行ってみてほしい」と言われ、全く眠れず、早朝に学校へ連絡して警察に行く旨を伝えました。

電話に出た教頭は「警察に行く前にイジメのLINEのやり取りを見せてほしい。警察に携帯を押収されたら学校が把握できないので、一旦その前に来てほしい」とのことで、学校でイジメの文面のLINEのやり取りを見せ、教頭先生がすべて写真に撮りました。私はそのあとに警察へ向かいました。警察には携帯を提出して捜査に動いてもらいましたが、警察では加害者生徒が未成年であるため、刑法での処罰はできないとの説明を受け、結果的に刑事責任を問うことはできませんでした。

私は爽彩のために何をしていけばいいのかということをずっと考

えていました。爽彩はきっと、このことをみんなや私にも知られたくないはずだと思い、余計に傷つけないようにと、入院中はイジメのことは知らないふりをしようと決めました。ただ、わいせつ行為をされたことについては……。どこまで何をされたのか分からないので、もし妊娠していたら大変だと思い、病院に妊娠検査をしてほしいと伝えました。医者も「爽彩ちゃんはイジメのことは知られたくないと思うから」とあえて爽彩に問いただすことはせず、女の子は入院前に全員妊娠の検査をするものと説明して、爽彩に妊娠検査をしてもらいました。幸いにも妊娠はありませんでした。

入院中、爽彩のお見舞いに行くときは絶対に泣かないようにと気をつけていました。私が病院に入れるようになったのは入院から2日目。廊下を通るだけなら部屋を見ていいと言われて、外側からマジックミラーになっている部屋を見たら、とてもショックな光景が広がっていました。

窓はあるけど、六畳一間に壁のないトイレがあり、まるで独房のような部屋に爽彩は裸で座っていました。ベッドもなく床には毛布があるだけです。私は精神科がそんな風になってるのは知らず、「どうしてベッドもないんですか?　どうしてパジャマも着ていないんですか?　どうして下着をつけてないんですか?」と、病院の方に聞きました。すると「自殺するかもしれないから。医師の許可が出るまでできません」という答えが返ってきました。「爽彩はこ

こから出してくれと言ってないんですか?」と聞くと、1日目と2日目の朝くらいまでは「出してー!」と泣いてドアを叩いていたそうです。私が訪れたときは泣き疲れ、諦めてしゃがみ込んでいた状態だったのです。

入院して4日目くらいにようやく一般の部屋に移れるようになりました。ベッドはまだなく、布団が置いてある部屋で、下着の着用はまだ許可が下りず、Tシャツと短パンだけ許可が下りました。しかし、寝ているときに急に「A子先輩に会いに行かなきゃいけない」「A子先輩に謝らないと」「今すぐ謝らないと」「ママ携帯返して」「一回だけでいいからA子先輩にメールを送らせて」と、パニックを起こすことが度々だったそうです。その度に注射を打たれて意識を失うといったことを繰り返していました。

入院中は毎日、爽彩に会いに行きました。「寒くない?　食べたいものないの?」とか、当たり障りのない会話をしていました。爽彩も「ペンが欲しい」とか、「紙と鉛筆が欲しい」とか話せるようになったのですが、イジメの話は爽彩もあえて触れてはきませんでした。

ただ、私が許せなかったのは、家で、預かっていた爽彩の携帯を何気なく見ていると、イジメていた子たちのタイムラインが流れてきたことです。爽彩は監禁部屋のようなところに閉じ込められ、毎日、泣いたり叫んだりしているのに、そのタイムラインから

はいつもと同じように変わらず遊んでいる様子が流れてくる。「何で楽しんでるの？　何で普通にキャンプとか行けちゃうの？　海へ行けちゃうの?」という気持ちがどうしても抑えられなくて。爽彩に謝りたいと言ってくる加害者は誰一人いませんでした。お見舞いに来るわけでもありません。反省している子は一人もいませんでした。

8月下旬に爽彩は退院して家に戻ってきました。帰ってきてからは入院中と同じで、フラッシュバックを起こして「殺して」「殺してください」と叫んだり、窓から飛び降りようとして、「死にたい」と白目をむいて痙攣《けいれん》することがありました。

いつも気が抜けない状態で、絵を描いて楽しそうに遊んでるなと思ったらフラッシュバックが急に起こる。これは明らかに自閉スペクトラム症とは別に引き起こされたもので、お医者さんからはイジメによるPTSD（心的外傷後ストレス障害）だと言われました。

「怖い。怖い」「許してください」「ごめんなさい」と言い出すことが一番多かったです。そういう状態になってしまうと人の声が聞こえない。最初のうちは「どうしたの?」と聞いていたんですけど、何度もそれを繰り返すので、発作のときは「爽彩、お薬飲むんだよ」と、体を起こして水薬を口の中に入れてやるようにしました。そうすると数分後に寝てしまうのです。

買い物や外食に誘っても、イジメの被害に遭う前はどこでも一

緒に行ってたんですけど、退院後は「怖い。会ってしまったときが怖い」と言って、部屋のドアも閉まっている状態でした。ほとんど親子の会話もなくなり、引きこもりのような生活を送っていました。

爽彩は精神病院から退院した後、「何で学校はイジメを隠すの?」「どうしてイジメた人の味方になっちゃったの?」と悲しんでいました。私は爽彩にそう思わせる学校に腹が立ちました。

爽彩は子どもの頃から学校が大好きな子でした。学校も塾も先生のことが大好きでした。そんな爽彩に学校に対しての不信感を植え付けたり、先生って汚い大人なんだというのを見せてしまったことが許せませんでした。入院中も爽彩は友達以上に先生たちに会いたがっていたのです。

爽彩が消えた日

そして、その日は突然やってきました。

前日くらいまでは爽彩の口から高校進学の話題が出て、私も少しうれしかったのを覚えています。爽彩が突然、家から姿を消したのです。2021年2月13日の18時半頃のことでした。

土曜日だったので、私は爽彩と家にいて、焼肉を食べに行く約束をしていました。しかし、17時頃に会社から連絡があり、急に急ぎの書類を仕上げなければならなくなりました。最初は自宅のパソコンで作業をしようとしたのですが、うまくいかず、会社に行っ

て作業をすることになりました。部屋にいた爽彩に「ママは1時間くらいで戻ってくるけど帰ってきたら焼肉に行く?」と聞くと、「今日は行かない。お弁当を買ってきて。ママ気をつけてね」と見送ってくれました。特に変わった様子もなくいつも通りの爽彩でした。

1時間くらい経ってちょうど会社での仕事を終えた頃、旭川東警察署からの電話が鳴りました。

「今どこですか?　とりあえず家に戻ってきて鍵を開けてください。すぐに戻れますか?」と言うのです。

本当に何が起きてるかわかりませんでした。急いで家に戻ると自宅の前にはパトカーが停まり、警察官が3名ぐらい立っていました。急いで家の鍵を開け、中に入ると部屋の灯りはついたまま。

「爽彩ちゃんの安否を今すぐ確認してください」と言われ、爽彩の部屋の扉を開けましたが、あの子の姿はありませんでした。

そこでようやく警察から詳しい説明を受けました。

「自殺をほのめかして家から出て行ってしまったようです。死ぬと言っていた。とりあえず捜します。場所に心当たりはないですか。どこに行ったとか分かりませんか。何度も電話してるんですけど電源が入っていないので、お母さんも爽彩さんの携帯に連絡してみてください」

と言われ、爽彩に電話をかけましたが電源が入っていないようで繋がりませんでした。

警察に爽彩の服装を聞かれたので、「私が最後に見たときは短パンにTシャツだった」と答えました。ただ、部屋にデニムのショートパンツが置いてあったので、少なくともパンツは着替えて出て行ったんだと思いました。それから、部屋を見るとリュックと長靴がなくなっていたので、その2つは持って行ったに違いないという話をしました。

財布は部屋に置いてありました。財布の中には私が数日前にあげたお小遣いもそのまま残っていました。金額にして1000円ほどです。

「いつ本人が戻ってくるか分からないからお母さんは家にいてください」と警察の方に言われ、家で爽彩の帰りを待ちました。そのときの外気温は氷点下の寒さだったので、すぐに戻ってくるだろうと安易に考えていました。ところが、1時間、2時間、3時間とどんどん時間が経って……。どうしてこんなに見つからないんだろうと不安になりました。

夜9時を過ぎ、さすがにこれは危ない。目撃情報もないし、警察も捜しているのに見つけられないことに、ものすごい不安が押し寄せてきました。爽彩がいなくなったことをSNSで発信して、手がかりがないか懸命に呼びかけました。警察からは「上着を着て出て行ってないから、今日中に見つからなかったら生きていることは厳しいと思ってください」と言われました。

でも、やっぱり母親として諦めたくないし、捜したい。夜9時を回ったくらいに警察犬が投入されました。それでも爽彩は見つかりませんでした。

深夜になり居ても立ってもいられず、私は街中を捜し回りました。しかし、爽彩を見つけることはできませんでした。

翌日はヘリコプターで捜索範囲を広げて、石狩川などで重点的に捜索が行われました。私の父も捜索に合流してくれました。父は街の中や店の中を捜してくれました。警察に捜索用のビラを作るように言われ、作っている途中に私が力尽きてしまい、父が続きを作ってくれました。ビラは旭川駅前や札幌で配ったり、旭川市内のテナントのバックヤードやコンビニからスーパーまでお願いして貼っていただきました。

しかし、爽彩がいなくなってから2日目の夕方、警察から告げられたのは「大がかりな捜索終了」のお知らせでした。

「これからは通常の業務に戻る。パトロールや目撃情報が寄せられて有力だと思ったものに関しては確認します」ということでした。

それでも、一緒に捜してくれているボランティアの方たちがいて、本格的な捜索が打ち切られた後も、目撃情報が寄せられる度に私たちは確認に向かいました。

爽彩が向かったと思われる方向のドラッグストアやコンビニのお店の防犯カメラの映像も見せてもらいましたが、爽彩と思われる女

の子は映っていませんでした。

別の日には、朝の9時くらいに焼肉屋さんの前で爽彩らしき女の子を見たという目撃情報が2回あり、私はその焼肉屋さんの前に張り込んで、爽彩が来るのを待ちました。1日目は誰も現れなかったのですが、2日目は目撃情報の通りの女の子が現れました。爽彩と同じような背丈の、黒髪でメガネ姿の女の子でした。私は顔を覗き込んで確認しましたが、全くの別人でした。

爽彩がいなくなって4日目あたりからは、とある占い師からSNSに「生きてますよ。南東方面に行ってます」というメッセージが届いたり、霊視ができるという人から、「寺とか神社が見える」というメッセージが届きました。私たちは藁にもすがる思いで、近所の寺や神社を全部回りました。

とにかく爽彩がいる場所を見つけたいという一心でした。別の占い師から「色んな場所を転々としている。男の人と一緒にいる」と言われました。私はこの寒さの中、外にいるよりは男の人と一緒にいてくれているほうがまだいい。生きていてくれればそれでいいと考えるようになっていました。本当に藁にもすがる思いでした。

ラブホテルにいたという情報がもたらされた時は、チラシを持って聞き込みに行きました。でも、日が経つにつれ、段々と目撃情報も遊び半分のものが多くなっていきました。既に市内の病院に入

院しているという情報も出てきて、病院にも確認しましたが、そんな事実はありませんでした。何でもいいから手がかりを捜したいと思い、捜索から家に戻ると、爽彩と最後に会話した人を捜していますとメッセージを送ったり、爽彩が最後までやっていたTwitterにログインして、過去のやり取りの中で誰かとどこかへ行くと言ってないかなど、毎日パソコンで情報を捜す日々でした。

そして、爽彩の行方が分からなくなって、38日目の3月23日の昼。ボランティアの方と爽彩を捜す方法を打ち合わせていたときでした。

「爽彩ちゃんだと思われる遺体が発見されました。確認のため警察署に来てください」

と警察から連絡がありました。でも、私はすぐにはその内容を受け止められず、「そんなわけない。昨日だって目撃情報があったのに……」と思いながら、警察署へ向かいました。

警察署へ到着すると、1階の離れにある安置室に案内されました。車1台分の車庫のような大きさの建物で、爽彩の体は袋のようなもので包まれ、顔には白い布がかけてありました。頭の近くには小さな祭壇のようなものがありました。

警察の方が白い布を上げて「間違いないですか?」と聞きました。私は「間違いないです」と答えましたが、これが現実という思いはありませんでした。泣き崩れるとか悲しいとかいうよりも、た

だ呆然としてしまいました。リュックとメガネと長靴や所持品もすべて揃っていました。

公園を歩いていた方が「雪の中に人の頭らしきものが見えている」と見つけてくださったそうです。後で爽彩が見つかった公園へ行くと、体育座りをして、それが横に倒れた感じのような雪痕が残っていました。

1カ月ぶりに会った爽彩は、冷たくて固く凍っていました。肌の質感も冷凍庫の中にいたように白っぽく、右手で爽彩のほっぺを少し触ったけど、凍っていて固いんです。髪の毛もパリパリに凍りついていました。

爽彩の死が理解できない中で、葬儀の打ち合わせが始まり、コロナ禍でもあったので、私は一般葬にするか家族葬にするか迷いました。爽彩はイジメを受けたあと、ずっと独りぼっちでいつも部屋にこもっていたので、最後くらいは盛大に送り出してあげたかった。

もう、爽彩には成人式も結婚式もないのでせめて最後は盛大に……。そう思いました。

本来はエンバーミング（遺体衛生保全）を施すのですが、爽彩は司法解剖を受けていたためできず、通常の2倍のドライアイスが使われました。温かくしてあげたかったのに、爽彩は最後まで凍ったままだったのです。私やボランティアのみんなでお化粧をし

てあげましたが、肌が冷たいのでうまく塗れず、手で爽彩の顔を温めて塗ってあげました。

爽彩はイジメを受けてから本当に自信のない子になってしまい、亡くなる前は「爽彩が死んでも誰も悲しまないし、次の日になったらみんな爽彩のことは忘れちゃう」と言っていました。

葬儀には200名以上の方が爽彩のために足を運んでくれました。爽彩が行方不明になって、これだけ多くの人が捜してくれて、たくさんの人が心配してくれたのだということを私は彼女に知ってほしかったのです。

私は40歳で孫、60歳で曽孫、80歳で玄孫を抱くことが夢でした。自分は体が弱くてもう子どもは産めないから、爽彩の孫を育てたかったのです。本当は爽彩のために姉妹を作ってあげたかったけど、爽彩はいつも「姉妹はいらない」と言っていました。

でも、一度だけ本音を教えてくれたことがありました。「ママ、体弱くて爽彩の時にも大変な思いしたのに、ママが死んじゃったら困る」と、泣きながら怒っていました。

今はまだ、爽彩との別れは受け止め切れません。遺体も確認しましたし、葬儀もしました。けど、心のどこかで爽彩じゃないと思っている自分がいます。毎日、爽彩に謝っています。

爽彩、ママが守ってあげられなくて、ごめんなさい。叶うなら、あなたがイジメに遭う前のあの時に戻りたい。そして、あなた

をもう一度思いっ切り抱きしめてあげたい。ママは爽彩のことが大好きです。もう一度、爽彩に会いたいです。

ママより

娘《むすめ》の遺体《いたい》は凍《こお》っていた
旭川《あさひかわ》女子《じょし》中学生《ちゅうがくせい》イジメ凍死《とうし》事件《じけん》

二〇二一年九月十日　第一刷発行
二〇二四年三月十日　第二刷発行

著　者　文春《ぶんしゅん》オンライン特集班《とくしゅうはん》
発行者　大松芳男
発行所　株式会社　文藝春秋
〒一〇二-八〇〇八
東京都千代田区紀尾井町三-二三
電話　〇三-三二六五-一二一一㈹

印刷・製本　光　邦

 ISBN978-4-16-391431-2　Printed in Japan